マドンナメイト文庫

ときめき修学旅行 ヤリまくりの三泊四日

露峰 翠

目次

contents

ときめき修学旅行　ヤリまくりの三泊四日

第一章　ギャルたちの童貞狩り

1

「ワカバってさ、ドーテイ？」

クラスメイトから「宿題やった？」くらい気軽に問われ、口中の飴を吹き出した。

まったく予期せぬ質問に、半ばパニックに陥る。

(今、なにを聞かれたんだ。僕が童貞……そのとおり。いやいや、待て。そんなのトップシークレットでしょ。みんなにバラされたら終わりだよ)

質問してきた相川愛美《あいかわあいみ》はペロペロキャンディを咥えたままニヤニヤ笑う。

明るい茶髪を頭のてっぺんでまとめ、毛先が噴水のように垂れてかわいらしい。肌はカフェオレ色に焼け、薄ピンク色の半袖ブラウスを着て、腰に白いカーディガンを巻いている。少し派手な外見がギャルっぽい。

彼女は飴玉をガリッと嚙み砕き、若葉《わかば》の腕にもたれてくる。

いきなり、なにをするんだよ。

そう言いかけたが、混乱のあまりひとことも出ない。

（お、お、おっぱいが、う、う、腕に！）

女子の象徴ともいえる乳房が押しつけられた。高校二年生として健やかに育ったふくらみが明確に伝わり、もう人生に悔いはないと思うほどにのぼせる。

さっきまで彼女が舐めていたキャラメルフレーバーの香りに鼻先をくすぐられるうちに、吐息を耳たぶで感じるほど近くまで迫る。

「聞こえなかったのかな。ねぇ、正直に教えて。ワカバって、ドーテイ？」

答えを考えるより先に、どうしてこんな状況になったのかを思い出していた。

「今日から四日間が高校生活の一番の思い出になると思います。精いっぱいに学び、楽しみましょう。旅先だからといって気をゆるめないようにね」

バスに乗りこんだ直後、担任のやや堅苦しいひとことで三泊四日の修学旅行ははじまった。それを聞きながら、若葉の腹はギュルルッと不穏な音を響かせる。

担任の言葉に続き、車内の女子から声が飛ぶ。

「質問でーす。センセーは修学旅行でバージンを捨てたって本当ですかぁ」

明らかに教師をからかった言葉に、車内は笑いに沸いた。

いっしょに笑う声が多かったものの、若葉はその質問に憤慨する。

(なにをバカな。先生に限ってありえない)

担任の内藤奈津紀《ないとうなつき》は教職になりたてに近い二十六歳。堅苦しく感じることもあるが、学校のOGということもあって、生徒にとっては親しみやすくて人気がある。

(きっと、まだバージンだよ。まさしく清楚という言葉が似合うもの)

セミロングの黒髪、白いブラウスにグレーのロングスカートとお嬢様ふうな装いで、しかも担当科目が音楽、趣味がフルートと聞けばその印象は強まる。

当人は自分の性が話題になったせいか、耳まで赤く染めて、恥ずかしげに返す。

「もう、相川さんったら……ヘンなこと言うなら、バスから降りてもらうわよ」

担任の反応で車内はまた笑いが起きた。

すると、ひとりの女子が席を立ち、最後列の中央にちょこんと腰を下ろす。そこは若葉のすぐ横で、そろえた膝頭の上に巾着袋を乗せている。

「若葉くん、いよいよ出発だね。顔色が悪いみたいだけど、大丈夫？」

「じつは、ちょっとお腹が……緊張しすぎたみたいで」

「車酔いじゃなくて、お腹ね。下しぎみなのかな」

彼女は玉城環《たましろたまき》。黒髪を三つ編みに結い、丸眼鏡をかけている。見た目は地味ながら、クラスの中で圧倒的な信頼を得ていた。クラス委員長としてリーダーシップを取り、全員にやさしく接してくれる。女子とあまり接点のない若葉にとっても、彼女だけは例外的に世話になっていた。そのうえ、成績優秀で模試では全国区の上位者だ。

彼女は巾着袋から錠剤を取り出す。

「お腹なら、これが効くと思うわ」

「助かる。ふだんは薬なんて呑まないから、なにも持ってなくて」

早速アルミ箔から押し出して、そのまま呑みこんだ。

「だめよ、お薬は水で呑まないと」

母親みたいなことを言ったあと、口もとを手のひらで隠して小声でつけ加える。

「でも、緊張するのもわかるわ」

不安げに車内に目を向けた。環が心配するほどの異常事態が起きている。

（まさか、クラスの男子が僕だけなんて……）

若葉以外の男子が修学旅行を欠席した。そもそも夏休みに予定されていたこともあって部活や受験勉強でサボリがいるのは間違いなく、加えて大量の病欠が出た。なんでも修学旅行の前夜にお好み焼き屋に集まった男子が腹痛になったらしい。幸か不幸かこのクラスだけの出来事だったので、修学旅行は決行となった。

「ちょっと寂しいけど、仕方ないわ。あっ、これ家で作ったの。よかったら食べて」

環は小さな包み紙を残して自席へと戻った。

中にはクッキーが数枚入っていた。

(やっぱり、委員長が一番だな)

地味な外見とまじめな性格には好みがあるかもしれないが、美人、優秀、性格よしと三拍子そろい、しかも趣味がお菓子作りと家庭的である。文句のつけようがない。

腹の様子をぼんやり探っていると、バラバラの会話が断片的に耳に入る。

「先月、アレ来なくて、マジヤバかった」

「アイツ、ムカつくんだよな。思わずボールをぶつけたよ」

「お母さんにアニメの録画頼んだんだけど、超不安。ちゃんと、撮れてるかな」

「この前の模試の最終問題どうだった。あの問題、ひっかけだよね」

クラスの女子は、ギャル、運動部、文化部、優等生の四グループに分かれる。

そんな女子たちと仲よくする千載一隅のチャンスにワクワクする反面、若葉には誰ひとり仲のよい級友がおらず、肩身が狭くて萎縮してしまう。

「ええ、みなさま、ご歓談中のところ失礼いたします」

聞き慣れぬ声がスピーカーから流れた。バスの通路の先頭に女性がこちら向きに立っている。桃色の帽子と同色の制服を着て、桃の花が咲いたかのように鮮やかだ。

「今日から四日間、ガイドさせていただく西村仁奈《にしむらにな》です。そして、運転は根本《ねもと》です」

そう言って、バスガイドは白い手袋をはめた手を下腹部で重ね、深々と頭を下げた。

運転手は運転席に座ったまま振り返り、帽子をあげて軽く会釈する。それに合わせて女子から「運転手さん、ヨロシク！」と威勢のよい声が飛ぶ。

こうして、バスは出発した。

後部は男子が座る予定だったので、うしろ半分がガラガラだ。

若葉は最後列左奥という特等席を陣取ってスマホゲームをはじめた。

バスが高速道路を飛ばすころには腹も落ち着き、ゲームにも飽きてきた。

（みんな、寝てるのかな）

ふと車内に意識を向けたが、女子とは少し離れ、彼女たちの様子はよくわからない。

いよいよやることがなくなり、居眠りしようとしたとき、ひとりの生徒が立った。

（相川さんだ。いったい、どうしたんだろう。なにか、トラブルかな）

相川愛美は担任の横に立ち、なにかを耳打ちする。

会話まで聞こえなかったが、おおよその内容はすぐにわかった。

なぜなら、先生と会話した直後に当人が来たからだ。

「よう、ワカバ、ちょっと、ジャマするわよ」

砕けた口調で真夏の太陽を感じさせるほどに底抜けに明るい笑顔を浮かべた。こんがり焼けた肌も夏らしい。プリッとした唇にはブラウスの色合に似たピンク色のグロスが塗られて明るく輝く。キャラメルの香りがするキャンディを咥えていた。

ポケットからもう一本取り出し、包み紙をひん剝いてから若葉の口につっこむ。

「これ迷惑料ね。ワカバはこっち、ウララはあっち。で、イッコはそっちね」

愛美は自分のうしろに立つ女子と若葉に座席を指定した。

イッコと呼ばれたのは池上郁子《いけがみいくこ》。光沢を帯びた黒髪を腰まで伸ばし、肌も雪のように純白。日焼けと縁遠いという点ではギャルっぽくはないが、情熱的に赤々と光る唇と長い睫毛《まつげ》に縁取られた瞳が男の視線を誘《いざな》い、同い歳とは思えないほどセクシーだ。

ちなみに化粧は校則違反ではあるものの、実質的には容認されている。

そして、その郁子にもたれているのが、宇田川麗《うだがわうらら》。こちらは、愛美よりも焼けた肌に加えて、灰色の派手な髪を左右に束ねている。体つきはまるっこく、しゃべり方もぽわぽわしたスローテンポで、クラスのマスコット的な愛されキャラだ。

麗の様子がおかしいことに気づく。

いつも笑顔なのに、今は目が死んでいる感じで、浅黒い肌が青白く見えるほどだ。

「宇田川さん、ひょっとして車酔い？」

「わかったら、協力してよ。ここ広いでしょ。センセーにもオーケーもらったから」

「もちろん。委員長が酔い止め、持ってるんじゃないかな」

「委員長の薬は効きそうだもんね。なんせ医者のお嬢様だし。でも、ウララもバスに乗る前に呑んだらしいの。そのへん、ちょっと片づけてよ」

テキパキと指示する愛美に従い、座席の上にだらしなく散乱したスケジュール表や雑誌を片づけ、四人は座り直す。最後列は中央を含めて五人座れる。

左窓側から郁子、若葉、愛美、麗が腰を下ろした。

愛美は、苦しそうな表情の麗を右肩にもたれさせ、その背中をゆっくり撫でる。

麗やつきそいの愛美が移動してきたのはわかる。でも、疑問が残った。

「なにか、おかしくないか。どうして、池上さんが奥にいるの」

当の郁子が黒髪を指先に巻きつけながら「暇つぶし」と簡潔に答えた。

その結果、レアなことに女子ふたりに挟まれた。

ふたりとも短いスカートからナマ足を見せつけ、身体を寄せてくる。

左の郁子がふとももを擦《こす》りつけた。ただでさえ短いスカートの裾《すそ》が乱れ、きわどいところまで捲《まく》れあがる。しっとりした白い肌に見惚れてしまう。

右の愛美は若葉の腕にもたれた。ブラウスは第三ボタンまではずれ、焼けた肌を惜しげもなくさらす。谷間の入口がチラチラと目に入り、その影に吸いこまれそうになる。愛美はニヤニヤと人を喰った笑みを浮かべた。

「ワカバ、キンチョーしてるでしょ」

「ば、ば、バカ、言うな。クラスメイトと並んで座っただけで、緊張するもんか」

「嘘が下手だね。ウチの弟がオヤツ勝手に食べたときと同じくらい嘘が下手」

教室では男子としか話さず、女子とはまともに話せないほどにチキンなのだ。

突然、近距離で迫られれば、緊張も当然というものだ。

左右に触れる肉体だけではなく、それぞれから漂う香りに鼻先をくすぐられる。

そんな軟弱男子の胸中を少しも解さず、愛美は屈託なく笑う。

「女子に挟まれることなんてそうそうないだろうから、今のうちに楽しみな」

確かに彼女の言うとおり、とても緊張していたし、とても幸運なことではあったが、心臓はバクバク高鳴って、今にも爆発しそうだった。

2

「ねぇ、正直に教えて。ワカバって、ドーテイ?」

愛美と無駄話していると突如たずねられ、パニックのあまりに今までの出来事を思い出したものの、なんら有効な判断材料もなく守りに入る。どうせ確認はできない。

「そんなわけないだろ。とっくに捨てたよ」

「私、けっこう男子とも話すんだけどさ」

そう割りこんだのは、左側の郁子で、乳白色のふとももを押しつけてくる。

ストレートに伸ばした横髪を両手で梳《す》き、黒い髪がキラキラとこぼれた。

「江藤《えとう》くんと童貞同盟を結んでいるんでしょ?」

郁子の口から極秘事項が飛び出し、若葉は下唇を嚙んだ。

クラスメイトの江藤とは「卒業したら報告しよう」と神聖な協定を結んでいる。

(アイツ、なにでベラベラしゃべるんだよ!)

級友に怒りの矛先を向けた。格好つけた直後だけに恥の上塗りだ。

郁子は退屈そうに黒髪に指を通しながら、さらなる爆弾を投下する。

「ついでに教えておくと、江藤くんは童貞じゃないよ」

衝撃を受ける間もなく、若葉の右側から「ギャハハ」と笑い声が響く。

愛美が目に涙をため、両手で腹をかかえている。

「男子ってホントにバカだね。童貞同盟だって。妙に韻を踏んでるし。しかも、そんな恥ずかしい同盟で裏切られてんの。ウケるぅ」

身体を揺らして全身で大爆笑している様子を見ると、級友への怒りを忘れて焦った。

愛美の両肩をつかんで必死に頼む。

「声が大きいよ。お願いだから、静かにして」

さすがにクラスの女子全員に秘密が知れわたるのは避けたい。

通路に顔を出して車内をのぞくと、幸いなことに誰もこちらを気にしていなかった。どうやら高速道路を疾走する騒音に紛れたようだ。

そうこうしている間にも、愛美の笑い声は小さくなり、やがて顔をあげる。

「いや、ツボった、ツボった。男のくせにセコい嘘をつくのはマズいっしょ」

ものすごく恥ずかしい思いをして、愛美の言葉に返事をする気力もない。

「なによ。そんなシケたツラしないでよ」

「そりゃ、泣きたくもなるよ。こんなに笑われたら」

両肩はがっくり落ち、このまま崩れそうになる。秘密を暴露されて嘲笑《あざわら》われたのだ。

「でもさ、今興奮してんでしょ？」

郁子は言葉数が少なくも、鋭い言葉で若葉の心を致命的に刺してくる。

彼女たちに挟まれ、ボディタッチや甘い香りの洗礼にずっと気もそぞろだ。

かと言って、それを認めればまた笑われるのは間違いない。

「そ、そ、そんなわけないだろ」

女子との慣れない会話のせいか、さっきから翻弄されっぱなしだ。

一方、愛美も郁子も特段緊張する様子はなく、むしろ平常運転に見える。

「でも、ほら、カチンコチン」

郁子の白い手に下腹部をつかまれ、思わず「ウッ」と息を切らす。ふたりと密着しているうちにのぼせてしまったのか、いつの間にか男性器が硬化していた。

細い指がモゾモゾと蠢《うごめ》き、ズボンの下に隠れた物の姿形を確かめる。

愛美は照り輝くピンク色の唇をたわめ、自信満々にニヤニヤと笑う。

「女子が隣に座っただけで、ボッキしたの？」

「しょうがないじゃん……こんなの、はじめてなんだもん……」

己の失態に声まで小さくしてしまうと、愛美は若葉の髪をワシャワシャと撫でる。

「やっぱ、男のコは素直じゃないと。弟にも見習わせたいわ」

同級生に頭を撫でられるのは少々ムカついたが、それ以上に心地よかった。

(ウチの姉とは大違いだ。見た目は大雑把そうだけど、弟思いなイイ姉なのかも)

すねた感情も少しは安らいだものの、素直には認めたくない。

「……僕、相川さんの弟じゃないんだけど」

「もうひとり手間のかかるヤツがいたところで、たいして変わらないよ。そうだ。ものついでだ。ワカバのドーテイ、アタシがもらってあげるよ」

突然の提案に、思わずあんぐりと口を開いてしまう。

「えっ……な、なんで」

「思わず笑っちまったしさ。それにドーテイ相手って、はじめてなんだ」

愛美はグロスが照り返す上唇を舐めあげる。単純な若葉はもう機嫌が直る。

「本当？　それじゃあ、夜に」と言いかけたところ、愛美が即時に割りこむ。

「勢いが大事だってわかってないからドーテイなんだよ。今でしょ。い、ま」

「今……今って、このバスの中で？」

なにを言っているのかさっぱり理解できずにいると、愛美は奥の郁子に目配せする。

郁子は意図を察したのか、中腰で通路側に移動した。そして、若葉が奥に押しこまれる。これで座席は、窓ぎわから若葉、愛美、郁子の順になる。

すぐ隣の愛美は今まで以上に近い距離で顔を寄せ、声をひそませた。

「じゃあ、はじめるか。ほら、ドーテイ、チ×ポ、出しな」

「えっ。わっ。ちょ、ちょっと！」

いまだ硬化しつづけるモノを両手で覆って抵抗したものの、簡単に組み伏された。

愛美は獲物を追いつめたことに満足したのか、口角をあげて微笑む。

「絶対にデカい声は出さないで。こんなことがバレたら、退学モンだからね」

それをしているのは僕じゃなくて、相川さんだよ。

そう叫ぶのを忘れるほど、感動していた。

(お尻って、こんなにムチムチしているんだ！)

大きく温かい肉塊に若葉の腹が圧迫された。彼女の体重で苦しいが、それ以上に、ヒップやふとももに押しつぶされる感覚が快い。身体が密に触れ合うだけで、体内の血が熱を帯びる。

「よしよし。イイ子にしていたら、気持ちよくしてあげるからね」

若葉の腹に乗って身動きを封じたまま、愛美はうしろの郁子に目線を送った。

すると郁子は、愛美の身体の向こうで無防備になったズボンをまさぐる。ベルトの金属音が小さく響き、ファスナーがジジジッと滑った。

「これ以上は本当にマズいよ。みんなにバレちゃうって」

ヒソヒソ声で抵抗した。脱童貞のチャンスに飛びこみたい衝動と、気づかれるリスクを避けたい理性とで、気持ちは振り子のように揺れる。

「心配性だね。みんな寝てるし、バスの騒音がやかましいから、大声を出さない限り問題ないよ。それに通路はイッコが見張ってるから」

任せろとばかりに、郁子はズボンと下着を一気に下ろした。

亀頭がゴム紐に引っかかり、強制的に下向きになる。パンツが下ろされるうちにゴムがはずれ、フルスイングしたゴルフクラブのように風を切って腹をたたく。

「愛美、これヤバいかも」

「どうしたのよ。イッコともあろう者が」

と振り返った直後に「オォ」と感嘆した。若葉の顔とペニスをチラチラ見比べて、晴れやかに破顔する。

「身体は小さいくせに、スゴいのを持ってるね」

ふたりは興味深々といった様子で顔を寄せる。必然的に距離は近くなり、視線や吐息で肉棹の表面がムズムズした。

「形はエグいのに、先っちょは弟のみたい。これ、何センチあるの？」

「無理。曲がっているから計れない。チョリソーだって、こんなに曲がってないわ」

動物園の珍獣でも見るように、ふたりは顔の角度を変えて熱心に観察した。

（やっぱり僕のあそこ、ヘンなんだ……）

同級生ふたりに揶揄され、とたんに傷ついた。

「ダメ、若葉くん、がんばって」

郁子の応援も虚しく、分身は風船から空気が抜けるように萎《しぼ》み、肉棹の中心を走る芯から力が失われた。それを見て、愛美は「チッ」と舌打ちする。

「ホント、だらしない。男なんだから、気合入れなよ」

「そんなこと言ったって、コントロールできないもの」

「メンタル、弱すぎだよ。しかたないから、少しサービスしてあげるよ」

愛美は腰に巻いたカーディガンをはずして窓ぎわに放り投げ、若葉の腹の上で反転した。背中をこちらに向けたかと思いきや、頭を伏せ、ヒップを少し浮かせる。

しかも短く穿いたスカートの裾を捲り、中を見せつけた。

（おぉ、これは絶景！）

今までスカートで視線をさえぎっていた愛美の臀部に目を奪われた。

浅黒い尻肉は、味つけ玉子がふたつ並んだようにまるまると連なり、光沢を照り返す。なんとも言えぬ曲線美を描く肌は見るからにツルツルして、臀裂のわずかな面積だけが下着に隠されていた。ショーツは蛍光ピンクのTバックで、味玉ヒップの谷間の底を極細のクロッチが走り、極彩色で強烈に主張する。しかも、下着のラインよりやや広い範囲は焼けずに白い肌が残っていて生々しい。

珍しいことに、愛美が少し恥ずかしそうに告げる。

「おいおい、そんなに鼻息を荒くしないでよ。くすぐったいでしょ」

「ごめん。でも、女子のお尻をこんな近くで見るの、はじめてで……」

「そのまま動かないで。大きくしてあげるから」

「ちょっと、愛美、予定と違うじゃない……まぁ、いいか。じゃあ、私はこっちね」

サンバのダンサーにも似た派手で情熱的なヒップに視界を占められて声しか聞こえないものの、すぐに身をもって知る。突如、落雷にでも撃たれたかのような快感が背すじを伝って「おおおおぉ」と唸るのを抑えられなかった。

(フェラチオだ。それも、ダブルフェラ!)

勃起しないという不名誉な状況のおかげで、初体験以上に実現不可能と思っていた行為に突入していた。愛美が亀頭を咥え、郁子が睾丸を転がす。二枚の舌は腑抜けた男性器を這いずり、やわらかい感触がねっとりとからみつく。

「れろっ、れろろろっ。タマもなかなか」

（袋まで舐めてくれるなんて……池上さん、超エロい！）

長い黒髪は清楚ながら真っ赤な唇は艶《つや》やかで、世の中の男性が好きそうな容姿をしている。ディープなポイントをためらいなく責める様子は、間違いなく男女の営みに慣れているのを感じさせた。

陰嚢の上からひと舐めされると、その中の睾丸がギュンと引き攣る。

「あぁ……気持ちイイ……舌って温かいんだね……」

刺激としては微弱ながら、舌先で睾丸を転がされると、ため息とともに魂が抜けてしまいそうになる。ただ、そう感じるのは刺激がひとつではないこともあるだろう。

「ぴちゅ、ぴちゃっ……やっぱり、デカいわね。ワカバのチ×ポ」

愛美は、芯のやわらかいペニスを唇でしっかりと咥えた。

舌先で亀頭を左右に払い、ぺちゃぺちゃと往復ビンタして気合を注入する。

しかも、若葉の目の前にナマ尻を掲げ、男性器をしゃぶりながら、ヒップを小さくくねらせた。短いスカートの裾は風に煽られた枝葉のように揺れ、蛍光ピンクのショーツは風に散る桜の花びらのように、華やかに舞う。

（女子ふたりにやられたままじゃいられない。よし、僕からも）

両手をひろげて十本の指を尻にかぶせると、愛美は「ンッ」と息を切らせる。

そのまま、ゆっくりと同級生のヒップを撫でまわす。

（見た目だけじゃなくって、感触もすごいな）

大きな肉塊はどこを撫でても指が軽快に滑り、まさしくゆでたまごのようにツルッルだ。上質な肌に加え、指先に力を入れても安定感のある弾力で迎えられる。

「アァ、いいよ。その調子……ぴちゃっ……」

フェラをしながらも、愛美は焼けた丸尻をもじもじと揺らした。指を動かすと、ときどき大腿筋が引き攣り、臀裂は呼吸するかのように収縮と弛緩をくり返す。尻の狭間《はざま》を隠す蛍光ピンクのクロッチは息苦しそうに乱れ、その下から熱気が放たれる。

（相川さん、感じてるんだ）

手応えを覚え、ふとものつけ根の尻溝に指先を当てた。爪の先で軽く触れ、肉塊の弧にそってスライドすると、愛美は「アン」とあえいでヒップを大きく跳ねさせる。

（このまま、舐めてみよう）

クロッチに指をかけ、唇を寄せようとしたが、若葉の欲求は満たされなかった。

「ぴちゃっ……はじめて触るにしては、なかなかよかったよ……ングッ」

雁首をやわらかい唇で挟んだまま、強く吸引される。先っぽを抜かれるのではないかと錯覚するほど、亀頭だけが引っぱられた。自慰では不可能な性感で腰が抜けそうになる。そして、チュパッと大きな音をたてて唇が離れる。

「もう、十分でしょ。チ×ポも限界って感じだね」

愛美は若葉の上から退《ど》き、若葉は上半身を起こした。

ペニスは女子高生ふたりの唾液で濡れて隆起する。

卑猥な弧を描いた先では、薄皮に包まれた亀頭が堂々とエラを張って完全回復した。

座席が手狭なせいか、彼女は左足で立ちながら右膝と両手を座席に乗せ、こちらに丸尻を突き出す。

「そろそろ、卒業式をはじめましょ。ほら、来て」

焼けたふとももの狭間から右手を通し、細い指先をこちらに向けて誘う。ヒップはスカートで隠れていたが、裾は短く、きわどいところまで見えた。ついさっきまで臀部に触り、間近で眺めていたのにまるで慣れる気がしない。

ゴクン！

口の中にたまった唾液を飲みこんだ。その音がやけに大きく響く。

（本当に、セックスできるんだ）

ギャルっぽくも愛美は間違いなくかわいらしく、しかも意外と性格もよい。恋人ではなくとも、初体験の相手としては文句のつけようがない。若葉自身がとまどうほどの急展開に翻弄されたものの、覚悟を決めた。

勃起を無理やり下に向け、股間から伸びた細い指を目指して近寄る。前列の背もたれに隠れるべく腰を曲げながら、彼女に覆いかぶさる。

「あれ、届かない」

「それが男と女の距離だから、しっかり覚えておいて。もうちょっと来てよ」

バスの座席に右膝と右手をついて、犬の交尾のような姿勢を取った。左手で股間の跳ね返りを握って下に向ける。もう視認できず、愛美にバトンを託す。食虫植物の葉が閉じるように指が肉棹にからみつき、愛美の股座《またぐら》へと引き寄せられる。

「改めて触ってみると、やっぱすごい形だな。デカいし、硬いし、男らしいよっ」

さきほどの失態を気遣ったのか、握ってはゆるめることをくり返しながら賞賛した。女子に揉まれているだけで強い性感が迸《ほとばし》り、指の動きに合わせて睾丸が跳ねる。

「そんなにいじられたら、そ、その、で、出ちゃうよ」

「ごめん、ごめん。遊ぶつもりじゃなかったんだ。じゃ、ソーニューするよ」

愛美の手が動き、スカートの裾がもぞもぞ揺れた。

亀頭の先がやわらかいものに押しつけられながら、上下に揺れる。

（今、オマ×コとチ×ポがキスしているんだ）

彼女はペニスを握ったままで紐状のクロッチをわきに退け、女の門扉を男根の先端で捏《こ》ねた。オスの先走りとメスの愛液がブレンドされ、クチュと小さな水音が漏れる。

亀頭も上に下にと圧力がかかり、不慣れな刺激に早くもノックアウト寸前だ。

「うは。チ×ポ、また硬くなった。どこまで硬くすれば気がすむのよ」

「焦らさないでよ……お願いだから、早く入れて」

「ちょっと、待てって。お互いをなじませないと、入るものも入らなくなっちゃうんだから……アァン。そろそろイイ具合になってきた。アッアァァァ」

吐息に紛れたあえぎ声が尾を引き、ペニスの先が明らかな変化を感じ取る。巾着袋のように閉じていた包皮が外側からの圧力で少し下ろされ、頭を出した鈴口のあたりはやわらかいものでくすぐられた。愛美の膣は狭隘《きょうあい》ながらもしっとり湿り気を帯び、奥に進むにつれて快い抵抗に迎えられる。

（あぁ、これ……気持ちよすぎてヤバいかも……）

半剥けの状態で腰を止めた。包茎の輪が亀頭冠の最も太い部分で止まり、あと少し進めば完全に捲《めく》れそうになり、危うい均衡にさらされる。

「ね、ねえ……どうしたのよ」

縛りあげた茶髪を揺らし、愛美が振り返った。

「どうしたもなにも……その、もう漏らしちゃいそうなんだ」

「ソーローは嫌われるから気をつけてね。今日はサービスよ。いつ出してもいいわ」

「だって、相川さんのことをぜんぜん気持ちよくできてないよ」

愛美は首を捻ったまま、一瞬座席から手を離して、若葉の胸を握り拳で小突く。

「その心意気は大事だけど、アタシもそこまで期待してないよ。その台詞は今度リベンジマッチするときまで取っておいて」

言い終えると同時に、恥ずかしそうに頬を染め、ふたたび前を向いた。

「えっ。今のどういう意味。ねえ、あっ」

答えるかわりに、愛美は猫が伸びをするようにクンと腰を突きあげた。スカートの裾が若葉の腿と擦れ、まるまるとした弾力のある味玉ヒップを押しつけてくる。

「ほ、本当に、ヤバいって」

愛美が身体を動かしたことで、男根がほんの少し進んだ。距離にしたらせいぜい数センチ、そのわずかなスライドで包皮が捲れる。亀頭は包皮を突き破り、まさしく甲羅から首を出す亀のように奥へ伸びた。剝けた薄皮が輪ゴムのように雁首を締めつけ、裏スジは限界まで張って強烈な痺れをもたらす。

奥に入ったぶん、愛美への刺激も強まったようだ。

「ア、アゥッ。ワカバのチ×ポ、マジキチだよ。また大きくなった……アタシの子宮を探しているみたい……アァ」

愛美は腰を突き出したかと思えば少し引き、そしてまた突き出した。自ら腰を反復させて悦楽をもたらす。小刻みなピストンで膣をうねらせて責めたてる。

「どう……ちゃんと感じてる?」

「うん、オナニーとぜんぜん違う。頭がおかしくなりそうだ」

過敏な性感帯で触れ合うと、理性が情報を処理できぬほど快楽に染められた。濡れた女肉が亀頭の傾斜を撫で、雁首の傘にまつわりつく。ただ擦れているだけだというのに極甘な歓喜をもたらし、脳を襲う痺れは強まる一方だ。

高速道路を走行中のバスが車線を変えたのか、座席が揺れた。それがつながり合った性器に新たな角度で圧迫感をもたらし、肉悦を高める。

ビリビリビリ!

電流に似た強い刺激が駆け抜け、一瞬にして腰砕けになる。

カウントダウンがはじまり、性感の圧力めいたものが亀頭に満ちる。

「もっ、もう限界だ……ぬ、抜くよ」

声を震わせながら最後に残った理性でどうにか腰を引こうとした。その瞬間、むしろまるいヒップのほうから迫り、ペニスはヴァギナに埋もれつづけた。

「ま、マズいって……だって、ナマだよ」

「ドーテイチ×ポが超元気なせいで、アタシだって我慢できないのよ……それにみんながいる中でエッチしてるのかと思うと……アッ」

愛美はバスの座席に上半身を伏せたまま、尻を突き出して短い反復をやめなかった。

男の卑肉と女の媚肉がダイレクトに擦れ、亀頭の痺れを強固にする。

愛美の背中は汗に濡れてブラウスが張りつき、下着のラインが浮いていた。

「はじめてなんだから、遠慮はいらないよ。好きなだけ出してね。そのかわり、初体験がアタシだってこと忘れないで。ア、ア、アッ」

感謝と愛情をこめながらクラスメイトの首すじに接吻し、彼女の匂いを深く吸いこむ。キャンディーの甘い香りと汗のまざった匂いを記憶に刻みつける。

「相川さん、ありがとう……も、もう、で、で、出る！」

ヒップをつぶすほどに腰を突き出し、肉棒を捻じこむ。

絶頂の打ちあげ花火が腰から背中をあがり、首すじあたりで爆発した。
四散した火の粉が全身にひろがり、欲望をクラスメイトのナマ膣に解き放つ。
その快感を味わう余韻もなく、次から次へと怒濤《どとう》のように炸裂する。
「あぁ……き、気持ちいい……」
射精すること自体は自慰と同じかと思いきや、それにともなう爽快感は桁が違った。
五感は恍惚に麻痺し、視界はまばゆくスパークする。意識が飛びそうになりながら、
腰を強く押しつけ、逃がさぬとばかりに愛美との交わりを確かなものにした。
「絶対、忘れない……最高の初体験だよ……うぅ」
睾丸がひっくり返るのではないかと思うほどに、思いの丈を吐き出した。
愛美は無言のまま断続的に息を切らせて、掲げたヒップを痙攣させて受け止める。
吐精が落ち着くと、愛美の上半身がゆっくり前に崩れ、背中を大きくふくらませて
深呼吸をくり返す。片手で茶色の前髪を大きくかきあげながら振り返った。
カフェオレ色の健康的な顔肌は汗で輝き、生気に富む。
「バカね。そんなこと、いちいち口にしないで。聞いてるコッチが恥ずかしいわ」
愛美は目を細めて、夏のひまわりのように晴ればれしく微笑んだ。
まったく予想外で唐突な初体験は完璧とは呼べなかったものの、十分に満足した。

うっとりとした倦怠感に流され、バスの揺れに身を委ねた。

3

「ちょっと、愛美、私が先の約束だったんだけど、途中から完全に忘れてたでしょ」

郁子は唇をとがらせ、黒髪を指に巻きつけながら不満げにティッシュをわたした。

「ごめん、ごめん。ははは」

ごまかし笑いをしながらわずかに腰を引く。汁気を帯びた結合部がヌルッと滑る。亀頭が愛美の媚肉と擦れた。射精後の痺れが残ることもあって、絶頂のさらに先の極限のむず痒さに「アァ」と声が漏れてしまう。

愛美のヒップが離れ、ふたりを結んだ男根が根元から姿を見せた。役目を果たした曲刀が肉鞘から抜け、若葉の分身は久々に外の空気に触れる。すっかり満足したためか、ミル貝のごとき白くやわらかな筒状のものがこぼれた。先端の薄皮は捲れ、亀頭の赤肌を露出する。ふたりの粘液に濡れ、下品に照り返す。

「はじめてにしては、なかなかだったわよ」

愛美が気だるげに身体を起こし、スカートの中にティッシュをさしこんだ。

郁子は身を乗り出して、愛美との間に割りこんだ。

これで座席は左窓側から若葉、郁子、愛美の順になる。

郁子は赤い唇を細い舌先で舐めあげた。睫毛の長い瞳は気のせいか血気に逸《はや》る。妖《あや》しい雰囲気を感じて「ど、ど、どうしたの？」と言葉につまってしまう。

「じつは、若葉くんのこと、イケチンじゃないかって、狙ってたの」

「い、イケチン……狙ってた？」

意味不明なあまりに聞き返していた。ただ、あまり名誉な予感はしない。

郁子は横髪を梳いてサッと払う。宙に舞う黒髪に光の波が走る。

「イケてる男はイケメン、イケてる声はイケボ、イケてるオチ×チンがイケチン」

「見えないから、そんなの絶対わかんないじゃない」

「女子のオッパイと違うものね。でも、教室で男子を観察していると、なんとなくわかるわ。それに噂話はいろいろ耳に入るもの」

誰のどんな噂話を知っているのか知りたかったが、それを聞くより先に郁子が若葉の下腹部に手を伸ばす。

仔猫の顎でも撫でるように、たわんだ亀頭の先をやさしく愛でる。

「いまのところ、六十五点ってところ」

鈴口の亀裂や入り組んだ裏スジを指紋の凹凸で触れるかのように軽やかにくすぐった。触れ方は微弱なのに的確に性感帯を攻められて「うぅっ」と唸ってしまう。

オジギソウのようにうつむいたペニスがヒクッと弾み、内側に残った精液が糸を引いてだらしなくこぼれ落ちる。

「見たときは満点の予感がしたけど、包茎でマイナス五点、早漏でマイナス三十点」

冷静に評価しながら、五本の指先はソフトタッチでペットボトルのキャップをはずすようにクリクリと捻る。指の可動域はだんだんとひろがり、雁首の括れをかすめた。

「ず、ずいぶんエッチな手つきだね……んっ」

「このまま二回戦に行けるよね」

「出したばかりだから……タマまで揉まないで……すぐには大きくならないよ」

こんなチャンス、二度とないかもしれないが、無理なものは無理とあきらめた。

郁子は右手の指先で亀頭を丁寧に撫で、左手で睾丸を転がす。

「ふぅん……でも、あなたのオチ×チンはそう思ってないみたいよ」

巧みな指技の洗礼を受け、萎れた肉ホースが疼いた。棹の中央に芯が走り、ムクムクとこうべをあげる。やがてそれは象が鼻をもたげたように隆々とそそり立ち、男らしさをアピールした。若葉自身、信じられずに「まさか」とつぶやいた。

「やる気、あるわね。なかなかの回復力だからプラス十点」

獲物を虎視眈々と狙う大蛇のように舌なめずりした。

薔薇の花びらに似た深紅の唇が濡れ、淫靡な輝きを帯びる。

「これなら問題ないわよね」

「そうだね。もちろんだよ。でも、まさか勃《た》つなんて……」

今までの経験と異なる結果に困惑した。ふだんなら一度射精すれば小さくなる。

ところが、愛美との初体験ですべてを出したつもりだったのに、郁子の手技に翻弄されて力強く脈打ち、腹を空かせた肉食獣のように吠え猛《たけ》る。

（二度目だし、今度はきっと大丈夫）

たった今、童貞を卒業した若葉と違い、郁子が経験済みで慣れているのは想像に難くない。ただ、こちらも二回目なのだから、さっきみたいに、そう簡単には漏らさないだろう。多少は善戦できるはずだ。

「あなたのオチ×チンは、素直でイイ子ね」

白く細い指が若葉の股間のさらに下へと伸びた。そして、馴れた手つきで会陰から睾丸、肉幹を撫であげる。ツツッと雁首への裏にまで忍びこみ、一周して離れた。

若葉は声を失い、震えを堪《こら》えるのに精いっぱいだ。

（すげぇテクニシャンだ。池上さんて、やっぱりアレなのかな）

さきほどの郁子の言葉ではないが、クラスにはいろいろな噂話が流れている。郁子自身にまつわる噂も耳にしたことがある。それは――。

「私のこと、ヤリマンだって思ってるんでしょ」

若葉の心の中を読んだかのようなひとことに、ブルブルと首を振って返す。だが彼女はさして気にする様子もなく、目を細めて笑う。

「いいのよ、別に。だって、セックスほど爽快なものを知らないもの。だから男性とつき合うなら、エッチが上手いのが絶対条件。それも、優秀なオスがいいわ」

郁子の身体の向こうから愛美が「ワカバ、知ってる？」と割りこむ。さきほどの疲労が残るのか汗を額に浮かべ、背もたれに頭を預けてニヤニヤ笑う。

「イッコのヤツ、百人斬り手帳を持ってるのよ」

物騒な表現に「ひゃ、百人斬り手帳？」と思わず聞き返す。

当の郁子はこちらを見て、ため息をつく。

「こらこら。人を凶悪犯みたいに言わないで。まだ半分も埋まってないんだから」

それでも五十人。童貞を卒業したばかりの若葉にはとうてい不可能な数に思える。

郁子は右手で長い黒髪をサッと梳く。

「私、オチ×チンマニアとでも言えばいいのかしら。若葉くんのは男子から噂で聞いたことがあったし、実物を見てすごく期待しちゃった」

「池上さん、やっぱエロす――」

思わず声に出しかけたところ、言葉がとぎれた。おもむろに、郁子に手を引っぱられたからだ。バスの最後部座席で彼女は仰向けに寝転がり、若葉がその上に圧しかかる。視界は黒髪女子の顔に占められ、長い睫毛に縁どられた瞳に射《い》貫《ぬ》かれる。

「焦らされるのは好きじゃないの」

噂以上に性に貪欲らしく、粗相しようものならどんな記録が残るか気が気でない。

（よし、ここで男を見せないと！）

鼻息も荒くなり、玉砕覚悟で決意を新たにした。

郁子の細い指先は血気さかんな男根をそっと撫であげる。棹裏をゆっくりさかのぼり、雁首の短い筋をフェザータッチでくすぐった。男の弱点を知りつくした妙技だ。

「おしゃべりする暇があるなら、さっさと入れて。そろそろ試させてよ」

彼女は左手でスカートの裾を摘まみ、静かに捲りあげる。

紺色のスカートとは対照的な真っ白なふとももが姿を見せ、目を惹かれる。

「さっき脱いでおいたから。はい、どうぞ」

彼女は大胆にも両足を大きく開いた。左足は座席の背もたれにそって上向きで、右足は自らの右手で膝裏を持ちあげる。そして、宙に浮いた右の足首には、布地が捻じれてシュシュのようにからんでいた。

（おぉぉ。パ、パ、パ、パンティ。しかも、黒だ！）

鼻の穴を最大限にひろげて、息を荒らげた。黒い布地はそれ自体が引力を帯びているかのごとく男心を吸い寄せる。

だが、不意に亀頭を爪で軽くはじかれ、意識を逸《そ》らされた。

「下着に興味があるの？　ちょっとガッカリ。ここにその中身があるのよ」

男子たる者、女子の下着に興味を抱くのは仕方ないとは思うものの、虫ケラのように言われてしまうと立つ瀬がない。それに、誘ってくれた郁子に失礼だ。

「そんなことない。もちろん、中身のほうがいい」

「じゃあ、早くして。入れにくいだろうから、手伝ってあげる」

若葉も自らの股間に手を伸ばし、男根を根元で支える。そして、郁子は先端近くをつかんで女陰へと誘導した。亀頭の先が軽やかな叢をかすめ、郁子は「ハァ」とうっとりため息を漏らす。長い睫毛をきつく閉じ、少し苦しそうにも見える。

「もう少し、下よ……ンッ、そ、そこっ」

郁子に案内され、ふたりで媚肉に入刀した。ヌメッとした感触を亀頭の先端で捉え、腰をゆっくり押し出すにつれてその面積がひろがる。女肉を押しひろげるのに合わせて、亀頭の傾斜を撫でられ、雁首の括れの裏側にまで忍びこむ。

「二番目のオマ×コはどうかしら」

「先っぽがくすぐられ──うっ」

膣壁が巻きつくように蠢き、亀頭は生肉にからみつかれた。奥に進むにつれて、その感覚が肉棹全体にひろがる。まるで蛇のとぐろの中に挿入しているかのようだ。

「相川さんとは感覚がまた違う……あぁ……」

しゃべりながらもおそるおそる腰を突き出した。気づけば根元まで埋もれている。

「顔や性格が違うように、オマ×コだってみんな違うのよ。もちろん、オチ×チンもね。ほら、ガンガン突いて。ただ入れただけでは、セックスにならないわ」

「わかってるよ。い、行くよ……うぅ」

抜けば抜いたで、生ぬるい粘膜が亀頭の傘に引っかかり、擦れる部分から喜悦がひろがった。ペニスが膣の中でヒクヒクと跳ねる。

「あぁ……池上さんのナカ、すごい危険だ。ガンガンなんて無理だよ……」

さきほどの玉砕覚悟はどこへやら、暴発を恐れ、勢いに任せたピストンはとてもできない。それでも、ゆっくりと前後に出し入れをくり返す。バスの騒音に紛れ、ふたりの交わる場所からネバつく音が漏れ出す。しかし、郁子は不満そうだ。

「男なんだから、勇気を出しなさいよ。こんなんじゃ、宝の持ちぐされよ」

「そんなこと、言ったって……」

評価されていると思うと、なおさら度胸を出せず、速度をゆるめてしまう。

「ずっと全力じゃなくても、リズムとか緩急とかつければいいじゃない」

「リズム……緩急？」

言うのは簡単だが、実践するのは難しい。早漏と評価されるのを恐れるあまり、気持ちが萎縮し、身体が緊張する。ひょっとしたらこのまま萎えてしまうのでは、そんな懸念も脳裏をかすめはじめ、および腰になる。

不意に郁子は若葉の胸もとをつかみ、ワイシャツごと引っぱった。

上半身が崩れ、互いの肩に顎を乗せるようにして恋人のように抱き合う。

彼女の体温を全身で感じ、香水かなにかの大人びた匂いが鼻腔《びこう》の奥へと押しよせる。ブラウス越しに鼓動まで伝わった。温かい吐息が若葉の耳もとをかすめる。

「これなら、江藤くんのほうがマシよ」

恋人のような距離ながら、甘い囁きからは、ほど遠い現実を告げられた。

「江藤……どうしてあいつのことなんか……まさか、あいつの初体験って……」

「そう、私よ。確かに彼は、はじめてで下手で早かったけど、チキンじゃなかった」

強く奥歯を噛みすぎ、ギリッと軋んだ。あの裏切り者にだけは、負けるわけにはいかない。噴火しそうな怒りとともに決意する。

(絶対にアイツより感じさせてみせる！)

グッと深く腰を押しつけ、ピストンを再開する。

怒りとも嫉妬とも判別できぬ昂《たかぶ》りを覚え、頭に血が昇る。

(アイツめ、ひとりでこんなイイ思いをしていたなんて……ちょっと待て)

感情が爆発しそうななか、かろうじてブレーキをかけた。このままではだめだ。

男の顔を脳裏から追いやり、目の前の女性に集中する。郁子の助言を参考に心の中で一、二、三とカウントしながら浅いところで出し入れし、四で深く挿入する。

きっとこれがリズムであり、緩急になるに違いない。

「そうそう、なかなか筋がイイわ。先達《せんだつ》の助言は聞くものよ。ハァン……」

郁子は感じてくれたようだが、すぐに考えが足りないことを痛感する。

ストロークが長いということは、それだけ性器が擦れる時間も長くなり、肉棒にまつわりつく妖しい痺れも大きくなる。

（ヤバ。ウネウネしたオマ×コ、気持ちよすぎるよ！）

続けたい。でも、休まなくては早々に果ててしまう。しかも、腰は止まらない。

取るべき選択に迷ううち、妥協案を見出す。

カウント四のときだけ奥を突くのは変わらない。その続きで五を数える。深く刺したまま、ひと呼吸置いて少しでも快感をやり過ごす。浅浅浅深休の五拍子。

数字をくり返し数えていると五のタイミングで深く刺したままにしたときに、郁子は下腹部をピクンと弾ませる。

「なんか、だんだんよく……イッ。イヤだ。ヘンな声がでちゃう……ヒッ、ヒィッ」

ジャブとばかりに浅瀬をかきまぜてからアッパーとばかりに奥を突くと、しゃっくりに似たあえぎをこぼした。顎をあげて白く細い咽喉《のど》をさらし、顎や首すじにかかる黒髪とのコントラストでなめらかな肌がきわだつ。ついさっきまで乳白色だった頬は徐々に朱がまざり、艶っぽい表情を浮かべる。恥ずかしいのか片手で口を隠して声を抑えるものの、手のひらの下からあえぎが漏れた。

「イッ、イイわ……やっぱり、私が見こんだとおり、優秀なオチ×チンよ。すごく上に反っているから、ふつう届かないトコまで激しく擦ってくる……ヒイッ……それにそのリズムも素敵。奥を突いたときに、容積が大きいせいか子宮に痺れが届くの」

ペニスを抜くたびに蜜液をかき出しているのが若葉にもわかった。ふたりの体液がまざり、泡となって流れ出る。それだけ郁子が本気になってくれたということだ。

「池上さんのヒントのおかげだよ。僕ひとりだったらとっくに終わっていたよ。このほうがオマ×コがきゅうきゅうしているのがよくわかる」

多少余裕を取り戻し、卑語でお返しすると、彼女は恥ずかしそうに頬を両手で覆う。

「あぁ、そんなこと言わないで。でも、若葉くんのはじめてがよかったかな……そうしたら、また印象が違ったかもしれないもの……」

恋する乙女のように瞳を潤ませて見あげた。

若葉は郁子の瞳に吸いこまれそうになる。いや実際、吸いこまれていた。

ゆっくり顔を寄せて、互いの吐息を感じるまでに距離が迫る。

「ストップ、ストップ。悪かったわね、アタシが先に手を出して」

愛美が割りこんだ。第二ボタンまではずれた郁子のブラウスのボタンをさらにふたつはずす。乳白色のデコルテがなめらかにひろがり、胸のふくらみはアダルトな雰囲気の黒いブラジャーに覆われている。

「百人斬りが簡単に堕ちてんじゃないの。イッコは確か、おっぱいが弱かったわね」

「あっ。ちょ、ちょと……あ、愛美、イッ、イイ！」

愛美は郁子の胸もとに片手をさしこみ、乳房を捏ねまわした。

ブラウスの内側で愛美の手が蠢き、胸もとを這いずる。

それだけではなく、愛美は郁子の顔を横に倒してキスをはじめた。

愛美のピンク色の唇と郁子の真っ赤な唇が重なり、しかも互いの口内を舌が往来《ゆきき》する。二匹の蛭がもつれるように歪みながらからみ合う。

女子同士の淫らな姿に初心な男の理性には崩壊の危機が忍びよる。
一、二、三と浅瀬をかきまぜた。亀頭への刺激が背すじを伝って脳をくすぐる。
「もう、無理。ナカがさっきよりうねる」

「アァァ……今日は念のため外に……い、イイ、イイ、イクイクッ」
四、ひときわ強く波打つ膣肉を押しのけ、根元まで捻じこむ。
「ワカバ、男を見せなよ」

と、愛美がそそのかす。
五、郁子は達したのだから、ここで抜けば完璧。だが、腰を引くどころか、屹立を強く捻じこみ、郁子の内奥で己を解放する。肉壺全体が子種を欲するように蠢く。
「うぅぅ。僕のザーメンを……な、ナカに……ウッ」

ドクン！　ドクン！

身体が力強く脈打つたびに脳幹が甘く痺れ、意識が溶けた。

「イッ、イイィ……熱いのが、お腹に沁みる……」

郁子の黒目は焦点が定まらず、歯をカチカチ鳴らして震えていた。

若葉もまた恍惚に満たされ、精を放ちきるまで深く肉棒を刺しこむ。

やがて郁子の瞳が濡れ、涙がひと粒流れ落ちた。そして、若葉をにらみあげた。

「若葉くん、零点よ、零点。マナー違反は採点対象外。それから愛美、あなたもリスクを追っているのが女なのは知っているでしょ!」

郁子の剣幕にふたりは「ハイ、スミマセン」とガックリ肩を落とす。

「でも、なかなか見こみがあるから、気が向いたらまた採点してあげるわ」

郁子が恥ずかしげに視線を逸らすのを見て、若葉は最後の一滴まで搾り出す。


「ねぇねぇ。うららもしたいなぁ」

濡れた性器をティッシュで拭き、着衣の乱れを直しているうちに、愛美でも郁子でもない声が聞こえた。フワッとした特徴的なしゃべり方はクラスの中ではたったひとりだけだ。

「宇田川さん、寝ていたんじゃないの!」

とてもマズい場面を見られ、若葉の心臓は飛び跳ねた。

麗はこんがり焼いた肌に、灰色の髪を左右で縛っている。大きな目は垂れていて、しゃべり方は拙い。おつむは弱そうだが、成績は若葉よりもはるかに上だ。

仲間のふたりは、若葉よりは彼女の扱いに慣れている。

「ウララには素敵な王子様を見つけるから、ちょっと待ってよ」

愛美がそう言うと、

「私もそう思う。よりによって、若葉くんは……」

郁子も同意する。

素敵ではないし、よりによってと評価された若葉はガックリ肩を落とす。セックスしたからといって、評価が爆あがりというわけではないようだ。

愛美はなにか思いついたのか、眉をひそめる。

「まさか、ウララはワカバのことを好きなの？」

若葉当人の胸は期待で高鳴ったが、麗は考える様子もなく首を横に振る。

「嫌いじゃないけど、まぁまぁくらいかなぁ」

「じゃあ、こんなときじゃないほうがいいと思うわ。だってバスの中よ。それに、麗にはきちんとした相手のほうが望ましいもの」

だが、麗の決意は固いのか、はっきりと否定する。

「今、若葉くんがいい。だって、ふたりともとっても気持ちよさそうだったんだもん。うららもモヤモヤして車酔いが吹き飛んだよ」

若葉にはどうしてもわからないことがあり、麗本人ではなく、ふたりに聞く。

「ふたりはなんだってそんなにいやがるの。まるで母親みたいだよ」

「ワカバ、よく聞けよ。ウララはバージンなんだ」

「えっ、まさか」

愛美や郁子と同じグループで処女だなんて思いもしなかった。しかも、見た目ならイケイケな雰囲気なのに清純だなんて意外だ。

「私や愛美はまぁまぁ遊んでいるけど、麗はけっこうよいトコの生まれで、蝶よ花よと大切に育てられたお嬢様なのよ。彼女はファッションが好きでギャルの格好をしているだけ。なによりとても素直な娘だから、バイキンみたいな男に振りまわされてほしくないわ」

実際のところ、若葉は麗のことをよく知らないが、友人が真剣に心配しているのは伝わった。女子ふたりに加勢する。

「僕が言うことじゃないけど、無理する必要はないよ。いずれできるカレシや旦那さんに初体験を取っておいたほうがきっとその人も喜ぶよ」

だが、麗はまたも首を横に振る。

「未来のカレシや旦那さんよりも、よく知らないけど若葉くんがいいし、今がいい」

そりゃひどいよ、とつぶやく前に、郁子が強い口調で割りこむ。

「わがまま、言わないで。私たちはあなたのために言っているのよ」

頑として譲らない態度に、麗の表情は険しくなり、大きな瞳に涙がたまり出す。

今にも泣き叫びそうな雰囲気を醸したとき、愛美が「わかった」と態度を改めた。

愛美はため息とともに、大切な妹を見守る姉のような微笑を浮かべる。

「幼稚園からずっとウララを外敵から守っていたつもりだった。でも、いつまでも子供ってわけじゃないんだね。イッコ、アレある？」

「あれ……あれって……あぁ、ラスイチがあったと思う」

郁子はスカートのポケットから長財布を取り出した。若葉も知る海外高級ブランドでかなり高価なはずだ。そこから小さな紙片のようなものを出して握りしめる。

「大丈夫。ちゃんとあるわ」

「よし。そうと決まったら、ワカバ、さっさとチ×ポ、出しなよ」

「えっ。いくらなんでも無理。だってもう二回、出したんだよ。それも連チャンで」

パンツの中で男性器は芋虫のようにまるまり、冬眠モードでピクリともしない。

麗の大きな垂れ目がジワッとにじむ。

「愛美ちゃんや郁子ちゃんとエッチできて、うららとはエッチできないんだ……」

「待って。とりあえず脱ぐから泣かないで！」

せっかく穿き直したズボンを脱ぎはじめる。

（おかしいな。ハーレムみたいな状況なのに、翻弄されっぱなしなんて。でも、やっぱり勃たないよ。どうしよう）

ズボンを足首まで下ろしたものの、やはり臨戦態勢からはほど遠い。

「据え膳はウララのバージンで、ここまでお膳立てされながら逃げるつもりなの？」

「あっ……いや、まさか……ただ……」

「こうなったら、麗の卒業もしっかり手伝ってもらうわよ」

若葉の左にいる郁子はおもむろに頭を伏せ、ジュルッと音をたててやわらかいペニスを吸った。生ぬるい舌先を包皮の隙間に捻じこみ、唇で肉幹を押し揉む。同じ高校生とは思えない多彩なもてなしに低く唸ってしまう。

「そこはイッコに任せたよ。ウララはこっちに来て」

愛美は麗を若葉の右側に座らせると、今度は若葉の手を取り、麗の乳房へと導く。

「ワカバはもうドーテイじゃないんだから、ちゃんと感じさせなよ」

だいぶ無茶な要求をされたものの、意識は手のひらに占められた。

三人の中で一番大きなふくらみで、軽く握っただけで指がめりこむ。

「や、や、やわらかい。スポンジケーキみたいだ」

「う……うぅ……ごめんね。うらら、デブで……あぅ……」

日に焼けた頬に汗粒を浮かべ、短くあえいだ。どこか舌足らずなしゃべり方が若葉の鼓膜を刺激し、気もそぞろにさせる。

大胆にも両手を乳房にかぶせ、パン生地でも捏ねるように揉んでしまう。

「ぜんぜん、そんなことないよ。ちょっとぽっちゃりしてるだけで、イイと思うよ。それに、こんな巨乳に触ることができて感激だよ」

ブラウスの上から乳房を歪ませるのに夢中になっていると、呪い殺されんばかりの視線を感じた。下に目を向けると、郁子がサッと視線を逸らし、ジュルッジュルッと猥雑な音をたてながら吸茎にふける。

(そういえば、池上さんのおっぱいはそんなに大きくなかったかも……)

郁子は亀頭を咥えて怒りをぶつけるように強く吸いついたあと、キュポンッと小気味よい音をたてて口を離す。女子三人に囲まれ、いつの間にかすっかり回復していた。

「はい、これでいいでしょ」

郁子は義務的な口調で言ったあと、小さな紙片めいたものを口で咥えて封を切る。中から薄ピンクの避妊具を出し、ペニスにかぶせた。

「今回はやってあげるけど、ちゃんと自分でつけられるようになりなさいよ」

「はい……すみません……」

「ヘンな形してるから、難しいのよ。まったく」

文句を言いながらも卑猥な男根が卑猥な衣装をまとっていく。

「ウ、ウゥ……あ、あいみちゃ……アァンッ」

麗の舌足らずなあえぎ声に目を向けると、愛美が麗のスカートの裾から手をさしこみ、もぞもぞと蠢かす。

「こっちも準備オーケー。じゃあ、ウララはアッチに」

若葉はシートにどっしり腰を下ろしたままで、左に郁子、右に愛美という布陣。

そして主役とも呼べる麗は若葉を跨いで座り、すまなそうな顔をする。

「ごめんね、重いのに……」

「いや、ホント、気にするほどじゃないよ。むしろ、ご褒美だよ」

正面から抱き合い、その重みを受け止める感覚は心地よい。しかも、麗はぽちゃっとした体型のせいか、素肌で触れ合うふとももの密着感はなかなかのものだ。

「じゃ、ふたりともそのままでいてね」

愛美がそう言えば、

「そうよ、じっとして」

郁子も助言する。

若葉からは見えないが、ふたりして結合部をのぞきこみ、アシストしてくれる。

ゴム越しの亀頭が女陰に触れると、目の前で麗が目を閉じて身構える。

「ウッ……アゥ……お、オチ×チンが……入ってき……ウゥ」

「す、すごい……宇田川さんの膣の中、綿飴みたいだ」

無数の軽やかな繊維に迎えられた気がした。ふわふわしたスポンジに亀頭のスロープを撫でられる。その繊維がおのおの生きているかのように蠕動《ぜんどう》する。

だが、亀頭をまる呑みしたあたりで彼女の身体が強張り、それ以上の侵入を防ぐ。

「裂けちゃう……うららの身体が裂けちゃうよぉ……ウウゥ……」

「あとちょっとで卒業できるんだから、がんばって」

郁子がそう言えば、

「ウララ、もっと声を小さくして！」

愛美が小声で注意する。

「ムリだよぉ……痛いのと気持ちイイのがいっぺんに来て、脳ミソをかきまぜられてるみたい……ア、ウ、ウゥゥ！」

自制が利かないのか、麗の叫びは徐々に音量をあげた。

「マズい。こんな大きな声、みんなにバレるよ……ゴメン」

彼女が「ウッ」と唸ると同時に瞳孔《どうこう》が開くほど目を見開き、ゆっくり瞼《まぶた》が閉じた。

若葉は麗にキスをした。唇を押しつけ、強引に唇を奪い、叫び声を抑えさせる。

ファーストキスはもっとロマンティックなものを期待していたが、現実はなかなかうまくいかない。

麗が瞼を閉じると、気のせいか彼女の肉体的な緊張が解《ほど》け、唇を押しつけてくる。

「ウッ……ンッ……んちゅっ……ンンンッ、ウゥゥ……」

彼女の眉間に皺を寄せ、甲高い咽喉声を漏らすのに合わせて、若葉の分身は行き止まりを突き破り、さらに奥へと侵入した。肉体が深く結ばれるにつれ、麗を抱く腕も力任せになる。よりいっそう彼女を欲し、舌を口内に捻じこむ。

「ウララ、バッチリだよ。これでバージンは卒業だから、安心して」

「あら、ふたりともまだキスしているの。意外とラブラブね」

郁子に揶揄されても、唇を離す気にはまるでなれない。肉体のあらゆる場所で強くつながると、心までつながる感じがしてとても癒される。たぶん麗も同じで、彼女もまた若葉にしがみつく。

「これはこれでムカつくわね」

あろうことか、郁子は合体している若葉の耳に唇を這わせた。耳たぶに軽く接吻され、穴の縁を吐息がかすめる。

「おもしろいことやるじゃん。アタシもやろう」

愛美もまた耳たぶを甘噛みし、耳穴に舌先を捻じこんだ。コポコポとくぐもった音がこもり、かすかな鼻息で鼓膜をくすぐられ、首すじが震え、肌が粟立つ。

ふたりは若葉と麗を交互に責め、性感を煽ってくる。

(ヤバい……これはヤバい)

ふたりの女子に左右の耳を刺激され、唇も塞がれていた。

三人の女子からあふれる淫らなフェロモンにのぼせてしまいそうだ。

麗のやわらかな身体にしがみつきながらモジモジ腰をくねらせる。

麗も同じくくすぐったそうにしながら吐息を漏らし、ふわふわの膣をうねらせる。

「ンッ……ちょっと気持ちイイかも……ウゥゥ」

処女だけあって苦しそうではあるが、唇を突き出して悩ましい表情を浮かべた。

（よかった。ちょっとは感じてくれているみたいだな）

男として、少し安堵した。郁子のときは緩急を要求されたが、麗にはハードな気もしたので、ペニスを刺したまま若葉から顎を舐め、首すじに軽くキスをする。

「イイ感じじゃん。さすがワカバ」

「これは私たちも負けてられないわね」

ギャラリーふたりの手助けもあって、麗のふくよかな頰に発情の汗粒が浮き出す。

彼女を抱く若葉は、彼女が徐々に高まっているのを察した。

「ウッ……くすぐったい……ウゥゥ……ハゥッ」

麗は等間隔にあえいだ。その間隔は椅子に座る若葉にはよくわかる。高速道路に設置された眠気覚ましがバスのタイヤを突きあげるタイミングと同じだった。

その衝撃は座席のスプリングを通して若葉の肉体を押しあげ、初心な女肉を深く突き刺す。わずか数センチながら、不慣れなふたりにはそれで十分だった。

奥に進むにつれ、スポンジ状の繊維の密度が増し、四方八方から男根の表面を擦る。

（奥もふんわりしてイイな……あっ、あれ？）

車体の揺れと左右の女子に翻弄されるうちに、麗の膣内は変化を迎えた。

スポンジ状の膣壁が狭まり、逃がさぬとばかりに亀頭のくびれをロックする。

「ウ、ウゥ……うらら、ダメになりそう……もう一回させてぇ……」

返事を待つことなく、麗はすがりつくように自ら唇を塞ぎ、舌先を捻じこんだ。それどころか、若葉の身体を押しつぶすような腰遣いを振るまう。座席のスプリングが悲鳴をあげるほどに肉感的なボディが腰の上で跳ね、肉棒を何度も呑みこむ。

「ウゥ……ウッ、ウッ、ウゥゥッ……もう、おかしくなるぅ……」

麗の媚肉がキュッと窄まった。その刹那、若葉もまた限界を迎える。

ドクッ、ドクッ、ドクン。

豊満な女体にきつくしがみつき、吐精した。

身体が大きく脈打つたびに、悦楽が全身にひろがり、恍惚に侵される。

意識が蕩け、ふたつの肉体がまざり合うような感覚を堪能した。

続けざまに三連戦を強いられてこのまま眠りたいと思っていると、車内のスピーカーからバスガイドの声が流れる。

「あと五分でインターに到着します。トイレなど、お忘れなきようにお願します」

まどろみたがっている身体に鞭を入れ、ノロノロと身体を起こした。

第二章　運動部女子たちの密室輪姦

1

（やっぱ、デカいなぁ……）

パンフレットの小さな写真で見るのとは違い、本物は威風堂々と堅牢に構えている。

バスガイド仁奈の朗らかな声が響く。

「こちらが日本三大名城のひとつ、名古屋城《なごやじょう》でございます。シャチホコがあまりに有名なため、名古屋城は金鯱城《きんしやちじょう》とも呼ばれます。その屋根瓦で輝くものが大きさ約二・六メートルある金のシャチホコで、防災の守り神となります。ちなみに日本……」

肉眼で見えるのは小さな点でしかないが、本物からは独特のオーラが発せられ、迫力が違う。高い位置で大きな金鯱が睥睨《へいげい》していれば、災害も逃げ出しそうだ。

「口を開けて、間抜けなツラになってるよ」

わき腹を肘で小突かれて「ウッ」と息を切らす。見れば愛美がニヤニヤ笑っている。

「オノボリさんみたいだったよ。ギャハハ」

愛美がはしゃぎ出すと同時に、

「相川さん、若葉くん！」

と、鋭い声が飛ぶ。

ふだんは穏やかな女教師は説教モードのようだ。

「ガイドさんの説明、聞いていたかしら。日本三大名城の残りを言ってみなさい」

愛美は両手を頭のうしろで組み、つまらなさそうな顔でそっぽを向く。

話しかけられた若葉も説明を聞いていなかった。言い逃れできぬ状況で謝ろうかと思いはじめたとき、愛美がぶっきらぼうに答える。

「大阪城と熊本城でえす」

奈津紀は少し不機嫌そうに「公共の場だから、静かにしなさい」とつけ加えた。

愛美は小さくため息を漏らす。

「ふっ、今のヤバかったね。副読本に書いてあったのを思い出してよかった」

「そんなものまで覚えているの」

「アレって、授業中ヒマだから読むためのものでしょ？」

正直なところ、愛美の成績は若葉よりも上だ。意外なところで差を見せつけられた気がする。ただ、彼女の姿を見たことで、急速に男の欲求が高まる。

（悪い雰囲気じゃないから、今夜にでも、もう一発。ひょっとしたら、ハーレムだ）

約二時間前のバスの出来事を思い出し、下衆《げす》な妄想を抑えられなかった。

勇気を出して「こ、今夜」と口にしたものの、愛美はまったく気づかずに「イッコのヤツ、どこ行ったんだ」とつぶやきながら去った。

（相川さんの気まぐれで僕まで先生に怒られるところだったたし、男として意識されていない雰囲気も正直、寂しい……でも、これはこれで悪くないかも）

ふたりの関係が恋人に進展する気配はないかわりに、友人めいた関係は築きはじめていると思う。以前よりも互いを知り、興味を持つようになったのは間違いない。

ガイドが旗を振って移動を促すのを見て、写真を撮ろうとスマホを構えた。

「あなたのシャチホコも立派なんだって？」

突如、男同士のおふざけみたいに肩を組まれ、顔を寄せてきた。しかし、男子の肉体との違いをそこかしこに感じる。制汗剤と思《おぼ》しき柑橘系の爽やかな香りが漂い、背中には少しやわらかいものが当たった。緊張しつつも犯人に目を向ける。

「か、かっ、かわっ、河西《かわにし》さん……ど、ど、どうしたの」

肩を組んできたのは、河西加純《かすみ》。女子バスケットボール部の点取り屋だ。スポーツメーカーのロゴ入りTシャツにジャージを穿いていた。髪はベリーショートでトップを少し浮かせている。もちろん背は高く、四肢はしなやかそうだ。見た目はうらやましいほどのイケメンオーラを放ち、試合では女子から黄色い声援が飛ぶ。

彼女は肩組みした腕にグッと力をこめ、額で触れ合うほどにまで顔を寄せる。

「決まってるじゃない。ココよ、ココ」

大きな手は大胆にも若葉の股間をまさぐり、男の身体を弄《もてあそ》んだ。

加純にはカレシがいるので、恋愛対象のつもりはないはずだ。

にもかかわらず、ついさっき愛美とのことを妄想したこともあってか否応なく反応する。海綿体に血が押しよせ、ズボンの中で窮屈にねじ曲がる。

女の指先は触診するように執拗に蠢き、モノの姿形を探る。

「あら、あらあら。これはなかなか。見えないのが残念だ」

「ちょ……ちょっと、やめてよ」

腰を引いて手を払おうとしたものの、彼女の長い腕は簡単に逃してくれない。

加純は上唇をペロリと舐める。

「イッコの言うとおり、これは確かに珍しい形ね」

「まずいよ。カレシがいるんでしょ」

「欠席したカレシなんて存在しないのと同じなんだから、あとでソレ貸してね」

そう言い残し、彼女はひと足先にガイドの率いる列に向かった。

「お腹の調子は大丈夫？」

敷地内で自由行動になり、クラス委員長の環に声をかけられた。

暑かったので、売店でソフトクリームを買ったところだ。

「超バッチリ。薬が効いたんだと思うよ」

「そう。よかった」

丸眼鏡の向こうで少し垂れた目尻をやわらかくたわめた。

ふだんは知的な雰囲気をまといながらも、ときおり見せる微笑みに胸が高鳴る。

（かわいいなぁ……告白してみようかな）

男子のいない修学旅行は退屈ではあるものの、ほかの男子を出し抜くのにこれ以上ないチャンスと言える。ライバルは皆無であり、男子の視線を意識する必要もない。

（いや、でもまだ時間はある。もうちょっと待とう）

成功率の高いタイミングを狙うべく告白を見送った。もっとも、簡単に告白できない度胸なしの自分自身に対する言い訳なのはわかっている。

「ところで、若葉くんは相川さんたちと仲がいいのね」

委員長が寂しそうに言うのを聞き、胃のあたりがキリキリ痛む。

昼食は愛美、郁子、麗の三人とテーブルを囲み、ボッチ飯を回避した。

「う、うん……バスの中で、少しおしゃべりしたからかな」

「あの子たちの悪い噂を聞いたことがあるから、気をつけてね」

悪い噂というのは男女関係のことだろうか。若葉としては世話になった感謝の念もあり、注意喚起に無条件に同意することはできず、消極的に沈黙する。

（彼女たちは見た目よりもイイ人だけど、それを言ったら怪しむかもしれない）

車中の件を知られたら間違いなく軽蔑されるので、迂闊《うかつ》なことは口走らないに限る。

「今度、私たちともご飯を食べましょうよ」

「そ、そうだね。ぜひとも」

前向きに返事をしたものの、委員長からの誘いには問題があった。それは「私たち」の部分。環はふだん女子ふたりといっしょにいることが多く、三人はそろいもそろって優等生。成績は群を抜き、委員会や部活での実績も十分。さらに美人でお嬢様で、言わば、クラスの頂上に君臨するエリートなのだ。

(お近づきにはなりたいけど、それはけっこう、ハードルがあるよな)

「若葉くん、若葉くん」

(いや、むしろ今ならお近づきになれるチャンスなのかもな)

「若葉くん、手、手」

「えっ。手……ちょっと、ぼんやりしていた」

手にしていたソフトクリームがドロドロに溶け、手の甲にまで垂れていた。白い粘液がいくすじも手の甲を流れ、拭くだけでは足りなさそうだ。

「トイレで洗ってくるよ」

もっと環と話したかったが、手を汚したままにもできず、ひとまず去った。

2

売店近くのトイレで手を洗い、ついでに用を足した。まだ委員長がいるかもしれないと思って、さきほどの場所まで戻ろうとしたときに「ねえ」と肩を組まれた。

「えっ……あっ……か、河西さん、い、い、いったい、どうしたの!?」

本日二度目の遭遇とはいえ、突然のことに声が上擦り、腰は引きぎみになる。背中で女体を感じるほど密着し、長い腕で歩行をあと押しされる。

「探したわ。仲よく連れションに行きましょうよ」

「今、出てきたところだよ。それに連れションって、男子じゃあるまいし」

「ちっちゃいことを気にしないでよ。アッチがイイわ」

バスケで鍛えた腕は逞《たくま》しく、敷地内の奥へと向かい、庭園ふうのエリアを進む。

「ねぇ、どこまで行くの」

何度もくり返したが、まともな答えは一度もない。やがて、別のトイレが見えてきた。古ぼけた屋外トイレの前でクラスメイトとすれ違い、彼女は加純に耳打ちする。

「異常なし」

工藤久美《くどうくみ》は女子ソフトボール部のキャッチャーで主将を務める。口数こそ少ないものの、チームの司令塔として監督の信頼も厚いと耳にしたことがある。

Tシャツにハーフ丈のジャージを穿き、素肌をさらす腕や足は健康的に焼けていた。全体的にがっしりした体型で、特にヒップは量感にあふれる。

加純は短く手をあげて久美に応え、無言で彼女のわきを通り過ぎる。

「えっ……河西さん……ま、マズいよ、こ、ここ……」

加純は肩組みしたまま入口をくぐる。彼女には当たり前のことでも、若葉にとっては生まれてはじめての女子トイレ。もちろん逃げようとはしたものの、彼女の腕を振り払うのは容易ではなく、叫ぶことをためらううちに中に入る。

個室が三つ並び、手前には洗面台があった。

白いブラウスを着た制服姿の女性が鏡を見つめ、自分の髪に触れている。

「今度は岸本《きしもと》さん……どうして」

「若葉クン、つき合ってくれてありがとう。がんばってね」

ショートカットの女子が爽やかな笑みを浮かべた。岸本杏夏《きょうか》は女子バレーボール部で、加純よりも背が高いのに対し、頭は小さく、首や手足もスマート。ファッションモデル向きの抜群のプロポーションに加えて「キョウカスマイル」と呼ばれる無垢な笑顔でバレーボール雑誌の表紙を飾ったこともある。実力も高く評価されていて、バレーボール部は弱小ながら、大学のスカウトが彼女を見に来るらしい。

「がんばるって、いったい、なにを」

訳がわからず問いかけたものの、杏夏は小首をかしげ、うふふと小さく笑う。

「あれれ、ひょっとして言ってないのかな」

「ちゃんと言ったじゃない。チ×コ、貸してって」

加純は若葉の股座を大きな手で鷲づかんだ。力は入ってはいないものの、不意打ちを受けて「ヒッ」と情けない声を漏らす。

「それって、冗談じゃなかったの⁉」

「なんでそんな冗談を言わなきゃならないのよ」

当然のように言われ、若葉は黙った。冗談以外に思えるわけがない。

内心は怒りで爆発しそうな反面、上からにらまれて萎縮してしまう。体格差が明らかなうえ、体育会系の有無を言わさぬプレッシャーを感じる。委員長ら優等生グループに次いで、彼女たちのような運動部グループがクラスでは幅を利かせる。

「イッコがベタ褒めしてたのよ」

(ツンケンしていた池上さんに褒められたんだ！)

少しばかり誇らしく思ったが、その話は加純の情欲にまで火を点《つ》けたようだ。

「ホテルまで我慢できなくてさ。ちょっと助けてよ。同じクラスでしょ」

加純は若葉の腕を引き、一番奥の個室に入った。

扉を閉めると同時に、小さな閂《かんぬき》が金属音を響かせる。狭い空間は肉食獣と哀れな獲物だけがいる空間となり、加純は薄い上唇をペロリと舐めた。

「ほら、さっさと脱いで」

当然のように言われ、若葉は下唇を嚙んで拳を握った。

プレッシャーに抗い、言葉を絞り出す。

「命令されたからって、できるわけないよ。奴隷じゃあるまいし」

「へぇ、逆らうとは意外と骨があるじゃない。でも、叫んでもこの辺りに誰もいないのは確認済みよ」

そこまで言って、加純は唇の両端をあげて笑う。

「それに考えてみて。黙って従ってくれれば、あなただって気持ちよくなれるんだから。今を逃せば、ワタシとエッチできる確率はゼロよ。それを思えば、むしろラッキーチャンスじゃないの」

残念ながら彼女の指摘は正しい。修学旅行、男子は若葉だけ、郁子との件が耳に入った、そうしたいくつものレア条件が重なった今しかこんなことは起こらない。

「あきらめて、さっさとズボンを下ろして。時間がないんだから」

悔しいが、命令に従うほうが無難に思え、やむなくベルトをゆるめる。

「そうそう。チャンスをふいにすると、チームのみんなが迷惑するから気をつけて」

加純はジャージに指をかけ、ためらいなく一気に下ろした。大きめのTシャツの裾から白いナマ足が姿を見せる。大腿筋の影がなめらかに流れ、躍動感を備える。そして、その内側に手をさしこんだ。Tシャツの裾が男の目線を誘うように揺れる。淡いピンク色のショーツを細くまるめてすばやく脱ぐ。

「ほら、こっちにちょうだい」

右手にジャージとショーツを握ったまま、左手を向けてきた。

「まさか、財布まで取る気なんじゃ……」

「バカね。脱いだものを寄こせって言ってるの」

急《せ》かされているのがわかり、慌てて脱ぐ。ブリーフを穿いたままでいると、顎を突き出して「それも」と指示するので脱いでわたした。

加純は背を向け、ふたりの衣類を扉のフックにかける。

(口調は乱暴でやることも男っぽいけど、意外と女性らしいのかも)

知られようものなら間違いなく怒られることを思っていると、彼女は若葉の様子を見るなり、あからさまなため息をつく。

「まだ大きくなってないじゃない。どうしたらコーフンするのよ」

空気の抜けた風船のように力なく萎み、股間からぶら下がっていた。

「こんな状況で、急に言われても……でも、お、おっぱい、見せてくれたら……」

「大きくないから見てもガッカリするだけよ」

「たぶん、勃起すると思うんだけどな」

「物好きね……どうせ最初で最後なんだから、しっかり見なさい」

舌打ちしながらも恥ずかしそうに頬を朱に染め、両手でシャツを捲り出す。

舞台の緞帳《どんちょう》があがるように、徐々に女性アスリートの肉体を見せつける。

「あっ。剃っているんだ」

まず目に入ったのは下腹の底だ。本来あるはずの恥毛は刈られ、青白い三角州を作る。

そこから続く腹部は薄くも引きしまり、無駄な肉を感じさせない。

加純はさらに頬を赤く染め、唇をもじもじさせる。

「頭の髪と同じで、あったらあったでジャマなの……しょうがないじゃない」

シャツの裾は肋骨を過ぎ、薄いピンク色のスポーツブラが姿を見せる。

一瞬そこで手が止まったが、ブラごと捲りあげた。

「おぉぉ、河西さんのおっぱい！」

彼女が認めるとおり、乳房は小ぶりであまり豊かではない。なだらかなふくらみの中央はピンクに色づき、その乳輪の中心部では控えめな色合の乳首が小さく実っていた。男勝りの粗暴な言動ながら、繊細で楚々とした作りだ。

加純のフルヌードは見るからに野性味にあふれ、しかも男性にはないまるみもある。頬はまだ赤く恥ずかしそうな表情で、どことなく熱い視線を向けてきた。

若葉の目を見たかと思えば、徐々に下がって停止する。

「平らな胸でボッキするなんてヘンなヤツ。それにしても、スゴイじゃない、ソレ」

クラスメイトの躍動感あふれる肉体美を間近で眺め、ペニスは漲っていた。棹はグッと上向きに反って天を見あげ、傘の開いた茸のようにそそり立つさまはなかなかの貫禄がある。薄皮に包まれた先端のわずかな隙間から粘液が漏れる。

「そういや、バスの中でもヤッたんでしょ。ヒョロいのに、ずいぶんタフね」

その答えは当人もわからない。自慰をするときは一発で打ち止めなのに、すでに三発放出していても、それを感じさせないほど精悍なのだ。

(クラスメイトの秘密の顔を知って、興奮しているのかな)

若葉の疑問に肯定するように、腰の曲刀がヒクンと大きく弾んだ。

「そろそろ、試させてよ」

イケメンふうのスポーツ女子は便座を指さし、若葉は腰を下ろした。

背中を向け、両足をガニ股ぎみに大きく開いて若葉の足を跨ぐ。腰をかがめて股間をのぞきこみながら、右手を真下に伸ばして逆手で勃起の根元を握る。

「よし。じゃあ、行くからね」

加純は己の腰をくねらせ、ペニスを前後左右に動かしつつ、ふたりの角度を探った。

互いの性器が擦れ、くちゅ、くちゅと、今にも消えそうな濡音が漏れる。

「こ、これで入りそう……アァァァッ」

垂直向きの分身が女肉に埋もれた。腰を沈めるのに合わせて、ゆっくりと根元まで温かいぬかるみに包まれ、加純の艶声も尾を引く。筋肉質のヒップが若葉の下腹に乗りあげ、少し背中をまるめて小刻みに震える。

「このチ×ポ、ヤバい……イッコの話以上よ」

いわゆる背面騎乗位で深く結ばれ、自分から突きあげようとして加純の腰骨に指をかける。だが「ちょ、ちょっと待って」と止められた。

「今動かれるとマジでヤバい。あなたからは突かないで……アッ、ハァンッ」

どうヤバいのか気になったが、それをたずねる前に彼女はゆっくり動き出す。

深く挿入したまま腰をわずかにくねらせ、ヒップを押しつける。

ふたりの交わる場所がミチミチと軋み、いっそう充足感を強めた。

「これ、カレのとは違いすぎる……もう少しなじませないと、お腹を抉られそう」

ダンサーのような妖しい腰遣いで勃起を咥える。

いつの間にか薄皮が捲れ、過敏な先端が剝き出しになっていた。前後左右に引っぱられ、そのたびに亀頭への圧力のかかり方が変わり、刺激がとぎれない。

まだはじまったばかりだというのにむず痒いものが蓄積し、吐息も熱くなる。

「あんまりやると、出ちゃうよ」

「ワタシがイクまで我慢して。そろそろ、ペースアップするよ」

加純の背中が上下に動き出した。筋肉質の小ぶりなヒップが短いリズムで弾む。

バスケのドリブルのように規則正しい間隔で、やわらかな尻肉が若葉の腿を押した。

まるい尻たぶが密着して歪み、そして離れることをくり返す。

「このチ×ポ、曲がっているせいか、奥までナカを押しひろげてくる……ア、アッ、声を抑えられない……アァ」

ダイナミックなピストンを披露しながら、手の甲で口もとを拭った。

身体の動きに合わせて肩胛骨が羽ばたくように、なめらかに揺れ動く。

(マズい……これはマズいぞ……)

加純の膣中はペニスを握られるのに似た圧迫感があった。

加えて俊敏な上下運動で、じつに攻撃的に己の肉体をぶつけてくる。

「オマ×コの中まで筋肉に包まれているみたいだ……それが僕のことを締めつけてくる。もう少しゆっくりしてよ」

「イヤよ。自分が気持ちよくなりたいから、自分で動いているんだもの。なんであなたに合わせないといけないのよ。ほら、ほらっ」

「うぅ、あぁ……そんなに激しくしないで……うぁぁ」

気づけば、若葉は女のようにあえがされていた。

加純はギアをあげ、反復距離を長くする。亀頭が見えそうになるほど身体をあげたかと思えば、根元まで呑みこんだ。膝を上手く使って臀部をなめらかに浮かせては沈める。スライドの幅がひろがり、それだけ肉棒の隅々まで摩擦した。

「ほ、本当にやりすぎると漏らしちゃうよ……あぅ」

序盤の優位を失い、速攻で追いつめられた。ボールのようにヒップを弾ませ、加純はチラと振り向く。唇の端から滴り落ちた唾液を舐めあげ、笑みを浮かべる。

「アアッ、出してもイイのよ。でも、今出したらソーローだって言いふらすから」

「そんなこと言われても……じゃあ、腰を動かさないでよぉ」

陰嚢では興奮のマグマがグラグラと煮えたぎり、勃起は恍惚の痺れに満たされた。レイプまがいの状況だというのに性感に歯止めが利かず、理不尽な絶頂へのカウントダウンがはじまる。しかも自慰とは違って、主導権は加純が握っていた。

もう、出る——あきらめかけたそのとき、個室の外から声がする。

「ねえねえ、加純、若葉クンのオチ×チン、そんなにイイの」

杏夏が扉の外からたずねてきた。狭い個室なのでふたりきりの雰囲気だが、当然密室ではなく、ふたりの会話やあえぎ声は隠しようがない。

「うるさいわね。イイトコなんだから、黙って！」

加純は怒気もあらわに扉の向こうに返事をした。

同時に、若葉は安堵の息を吐く。加純の勢いは少し衰え、膣壁の食い締めも薄れた。杏夏との会話で集中力が乱れたのだろう。そのため、射精への突入を回避できた。

「やっぱりイイんじゃない、若葉クンのオチ×チン。圭吾《けいご》クンにチクろうかな」

加純のカレシはサッカー部のイケメン。ショートカットの加純が男前の雰囲気であることから、イケメンカップルと呼ばれ、本人たちもその呼ばれ方を受け入れている。

杏夏の脅迫めいた言葉を加純は笑い飛ばす。

「休んだアイツが悪いのよ。どうせ向こうもなにやってるかわかんないし」

「それ、圭吾クンと別れるってこと？　じゃあ、あと釜に立候補しちゃお」

杏夏の声が楽しげに弾んだ。加純をからかって遊んでいる雰囲気がある。

その加純は規則正しく息を吐き、尻肉でドリブルしつづける。

「あんまりススメないよ。モテるせいか、やることなすことワガママだから」

恋人当人にしか知りえない生々しい話に、下衆な興味を駆りたてられる。

黙って耳をそばだてた。それに、加純も若葉もセックスへの集中が乱れているせいか、絶頂まで多少余裕ができた気がする。

「ええっ。そうなんだ。残念。ねえ、彼ってどんなエッチするの」

杏夏からのストレートな質問に加純はトイレの扉を殴る。

「言えないよ、そんなこと！」

「それくらいイイじゃない、ケチ。だって別れるんでしょ」

会話に参加していない若葉もカップルの秘密には興味があり、内心杏夏を応援する。

加純は振り返り、若葉をにらむ。聞かれるのが恥ずかしい話題なのか、顔は真っ赤だ。

「今、チ×コ硬くしたでしょ」

「ごめん……僕も知りたくって……」

クラスメイトの性体験や性癖を知るチャンスに正直興奮していた。教室の雰囲気と同じなのか、あるいは違うのか、のぞき見ている気分だ。

加純は「チッ」と舌打ちする。

「ちょっと乳首舐めて愛撫したら、あとは正常位でヘコヘコ動いて勝手にピュピュッよ。自分だけさっさと気持ちよくなって終わり」

じつにつまらなさそうに加純は言うが、はじめて知る事実に若葉の鼻息は荒らぐ。

(アイツ、河西さんのおっぱい舐めたり、吸ったりできるのか。しかも、河西さんを好き勝手に突くことができるなんて……うらやましい！)

終始翻弄されている自分とはえらい違いだ。運動系イケメンカップルのセックスを想像するうちに怒髪ならぬ怒張が天を衝く。

加純は「アァッ」と絹を裂いたように甲高くあえぐ。

「ま、まだ大きくなるの！」

「しょうがないじゃない。あんな話を聞いたら」

男性器は膣に埋もれたまま、最大限に膨張していた。肉傘は堂々とひろがり、加純がヒップを小気味よくバウンドするのに合わせて、肉路を切り裂いては、その壁を抉ることをくり返す。やや硬質な膣壁がゆるやかな起伏を作り、肉棒をしごきたてる。

「アッ、ハッ、アン……気が変わった。イカしてもらおうと思ったけれど、さっさとイッて……アッ、ウッ……あなたがソーローだって言いふらすから」

脅し文句とともに攻勢を強めた。亀頭が見えるほど腰を浮かせたかと思いきや、一気に根元まで呑みこむ。そして、その余韻を堪能することなく、即座に腰を浮かせる。

(うぐ……これはヤバいかも……)

攻撃的な交合に唇を噛んだ。波打つ肉路にしごかれ、甘い痺れが湧きたつ。

加純がヒップを押しつけるたびに、ふたりの体重を支える便座はギギッと悲鳴をあげた。彼女は振り向いて若葉を見下ろし、余裕の笑みを浮かべる。

「なかなかがんばったけど、限界でしょ。もう、試合終了よ」

前を向き、ふたたび抽送をくり出して若葉を追いつめた。

相手を打ち負かすことに悦びを見出しているようだ。

(このままじゃ、出ちゃう。いったい、どうすれば)

若葉のほうから突くことは禁じられ、イニシアチブは握られていた。

最初から勝負の行方が決まっていたと思えるほど状況は不利だった。

陰嚢は無防備に上下に跳ね、その上を生ぬるい粘液がトロトロと流れ落ちる。

(強がっていても、きっと感じてるんだ。だったら、もっと感じさせてやる)

加純の言葉をわずかなヒントにして勝負をかける。

「僕から突くなとは言っていたけど、これは禁止されてないよね」

若葉は両手を伸ばした。加純の少し汗ばんだ背中に指を重ねて、肋骨の凹凸を通過する。割れた腹筋をさかのぼり、その上のなだらかなふくらみに手をかぶせた。

一度ギュッと握りしめたあと、その頂を親指と人さし指で挟みこむ。

「えっ。ちょ、ちょっと……アゥッ。や、やめて！」

「やめないよ。だって、圭吾にもやられてるんでしょ、乳首をいじるの」

背後から加純を抱きしめ、乳首を刺激した。大きな態度と違って控えめサイズの乳房に手のひらをかぶせる。中央のとがりを摘まみ、綿棒でもまわすように捻った。

「アゥ。や、やめてって言ってるじゃない」

加純の大きな手が若葉の両手にかぶさり、引き剝《は》がそうと握力がかかる。

だが、引き剝がすどころか、自ら押しつけるように鷲づかむ。

「ア、ア、アッ……ダメ……ビリビリしてきた……」

指先で乳首を転がすと、電気でも流れたかのように、不規則に身体を震わせた。

(よし、やったぞ。もうちょっとだけ耐えるんだ！)

加純の弱点が乳首だったのは幸運だったものの、それで攻めがゆるむかと思いきや、反撃は苛烈を極めた。背後から抱きついた若葉ごと持ちあげるほどの荒々しいピストンで、ゆるやかな起伏が連なった肉路もギュッと窄まり、抜くことを許さない。

「ア、ハァ、ア、ほら、出しなさい。もうイキそうなんでしょ。アッ、アアンッ」

便座の軋む音に加えて肌をたたく音も間隔が短くなり、燃えつきる直前のロウソクのごとく気持ちが燃えさかる。

「河西さんこそ、もうイキそうなんでしょ。乳首をもっとクリクリしてあげるよ」

小さな乳頭を捻じって強い刺激を与えたところで、若葉の手が軋むほど加純に力任せに握られる。

「カレのと違いすぎっ……アァッ」

天を見あげて叫んだ瞬間、分身を包む膣が引きしまった。複雑に波打った肉路がいっせいに収縮する。加純は取り憑かれたかのように、果敢にピストンしたので、若葉もまたボーダーラインを越えさせられた。

募りに募った性感が爆発して「ウッ」と息を切らす。吐き出した精液のぬめりを得て、亀頭は媚肉を軽快に滑り、さらなる痺れとともに射精を強いられる。

徐々に脈打つ間隔がひろがり、沈静化するのに合わせ、加純は動きを止めた。

芯の硬さを失いつつある肉棒を刺したまま、前髪をかきあげる。

「はぁはぁ……今のはドローよ……」

息を荒らげながら気怠げにゆっくり立ちあがった。体液にまみれたペニスがニュルニュルと擦れて抜ける。白い粘液が糸を引き、便器に落ちた。

3

「チェンジ、チェンジ！」

個室の扉が開くなり、杏夏が嬉々とした表情で手のひらをあげ、待ち構えていた。かろうじて服を着た加純は全身から疲労困憊《ひろうこんぱい》を漂わせ、手のひらを重ねる。

「イッコの言うとおりだった。アレはけっこうヤバい」

そう言い残し、足を引きずるようにして女子トイレから外に出た。

メンバーチェンジの行われた個室の中では、下半身まる出しで便座に腰を下ろした若葉と、うしろ手で鍵をかけながら見下ろす杏夏のふたりきりになる。

（やっぱ、デカいなぁ……）

杏夏と狭い個室で対峙すると、改めて彼女の背の高さに目を奪われた。しかも手足は細く長く小顔なので、彼女を遠くで見るぶんにはまったくその印象はないが、近くで見あげると、威圧感すら覚える。選手交代したばかりで気力が十分に漲っているようだ。

「キミってすごいね。あの加純を唸らせたんだから」

髪はショート、ブラウスに濃紺スカートと学校指定の制服そのままで、しかも丸襟の第一ボタンまでしっかり留めていた。いかにもまじめそうで、教師に好かれる要素ばかりだ。さらにはキョウカスマイルとあだ名されるほどに笑みが爽やかだった。

性の乱れを感じさせないだけに、ふたりで向かい合うのには違和感しかない。

「ひょっとして、岸本さんも？」

「そうよ。キミのオチ×チンで愉しませて」

バレーアイドルは頬に笑窪を浮かべたあと、ため息をつく。

「少しは同情してほしいのよね。人の恋愛事情を言いふらす人もいるから、しばらくカレシは作れないの。でも、私にだってエッチな欲求はあるんだから」

そこまで話したとき、トイレの外から「異常なし」と久美の落ち着いた声が聞こえた。

（そうか、ふたりは見張りなんだ。トイレの中と外を見張っているんだ）

この淫行が加純の突発的欲求だけで行われているわけではなく、チームワークによって支えられていることに今さらながら気づいた。

「オーケー。じゃあ、はじめようか」

爽やかな笑顔で見下ろした。高いところから見られ、追いつめられた感じがする。

「たった今出したばかりだから、ちょっと休まないと無理だよ」

加純との一戦を終え、しかもかわいらしくも迫力のある杏夏に気圧されたのか、ペニスはカブトムシの幼虫のようにまるまっていた。

「せっかく私とセックスするチャンスなのに、ヒドイわ。今日しかデキないのよ」

「だって、無理なものは無理だよ」

「しょうがないな。フェラしようか」

大胆な発言に「ふぇ、ふぇ、フェラ」と若葉は言葉をつまらせた。

杏夏は小ぶりな唇をまるい舌先で湿らせる。ぷりっとした薄桃色の唇が照り返す。

「バレーアイドルにフェラチオをしてもらえるなんて！」

胸が急激に熱くなると同時に、休息していた愚息がヒクと疼いた。

（ウソだろ、こんなチャンス、二度とないのに。ちょっと、待てよ！）

期待の大きさに比例して、分身が反応した。百合の蕾が花開くように首をもたげ、残滓《ざんし》に濡れたまま反り返る。

「せっかく大きくなったのにずいぶんガッカリするのね。単純なくせに面倒くさい」

文句を言いながらも、膝を曲げて腰を下ろした。そのまま若葉の両膝に手を乗せ、両足をひろげる。細長い首を伸ばして小さな顔を男の股間に埋めた。

仔猫がミルクでも舐めるように、舌先で亀頭の裏を舐めあげる。

「あぁ……すごい。あのキョウカスマイルが僕のチ×ポを舐めてくれるなんて……先っぽが蕩けそう……」

「ぴちゃ、ぴちゃっ。あんまり言われると恥ずかしいわ」

「だって、超気持ちイイんだもの。これだけでも修学旅行に来てよかったよ」

亀頭の上をやわらかくもザラザラした舌が這う。その感触は膣内とも似ているが、やはり違う。包みこむ感触がなく、ピンポイントで男の性感帯を刺激する。

それになにより、追っかけもいるほどのアイドル級女子が男根に口唇奉仕する様子が堪《たま》らない。ふしだらな表情に見惚れそうだ。

「ぴちゃ……もう、おしまい。キミの精液と加純の愛液がまざって苦いんだもの」

杏夏はいやそうな表情で顔をあげたが、視線は酔ったようにうっとりしていた。

「マズかったけど、私もちょっと興奮しちゃった。もう、いいわよね」

「もちろん構わないけど、希望とかある？」

女子にも欲望はある。わざわざ拉致監禁めいたことをする杏夏にも望みはあるはず。

「当たり前じゃない。ねぇ、聞いてよ。私、駅弁されてみたいわ」

杏夏は爽やかなスマイルで卑猥なことをサラッと要求した。

かわいい女子に言われれば即同意したいところだが、そうもいかない。

「駅弁ってアレだよね。昔、駅でお弁当を売ってた人みたいな体位」

「それそれ。あれでガンガン下からヤラれるのにあこがれてるの。ほら、私、背も高いし、女子にしては体重もあるから、きっと一生体験できないもの」

「岸本さんの頼みごとならオーケーしたいよ。でも、無理だよ。僕、チビだし」

返事を聞くと、杏夏は「えーっ」と薄桃色の唇をとがらせる。

「駅弁がよかったな。してくれないなら、加純とのこと、先生にチクっちゃお」

校内でも有名なバレーアイドルは、小悪魔のような笑みを浮かべた。

杏夏の脅迫に若葉が困惑していると、扉が控えめにたたかれる。

「困らせて遊ぶのはやめて。時間がないわ」

扉の外から久美の落ち着いた声を聞き、杏夏は小さく舌を出す。

「怒られちゃった。うふふ。じゃあ、若葉クンが私を壁に押しつけるのはどうかな」

足の長さが違うのでそれはそれで難しい気がしたが、まだ可能性はある。

若葉は便座から立ちあがり、杏夏のわきから扉に手を当てる。

(壁ドンって言いたいけど、そんな格好よくないな)

残念ながら、理想と現実はほど遠い。壁ドンは女性の頭の横に手をつくが、身長差があって杏夏のわきに手をついていた。そのまま杏夏の身体を壁に押すと、顔面を胸もとに埋めることになり、身長差が明確になって少々もの悲しい。

ただ、同時にこれ以上ないほどのラッキーを喜ばずにはいられない。校内でも有名なバレー女子の乳房を顔面で堪能できる者がいったい何人いるだろう。

(安定感のあるおっぱいだ!)

激しい跳躍をくり返すバレーで活躍するだけあって、無駄に大きな乳房ではない。お椀形のふくらみは逞しい胸板に支えられ、やわらかさよりもバネに似た反撥力《はんぱつりょく》を備えていた。しかも、身体の大きさに比例して、広い範囲で若葉の体重を受け止める。

「おっぱい、どうかな。加純よりは大きいでしょ」

「河西さんが聞いたら激ギレするよ」

「私なら大丈夫。いつもからかっているもの。さ、はじめようか」

一度腰をかがめ、下に腕を伸ばしたまま、もぞもぞ動いた。ふたたび身体を起こして壁にもたれると、大胆にも左膝を大きくあげる。プリーツの折り目がしっかりついたスカートは捲れ、鍛え抜かれたふとももが股間に近いきわどいところまで見えた。

しかも、あげた左足の足首にはピンク色のショーツが捩れてからまっている。

バレーアイドルがノーパン制服姿で誘う。

「鼻息が荒すぎよ。見てないで、足を支えてくれないと」

「あっ、ごめん。そうだね。こうかな」

右腕を杏夏の左膝裏に通してトイレの壁につき、彼女の足を支えた。股間を全開にさせながら身体を押しつけて密着する。恋人以外なら犯罪者のみが迫れる距離だ。

「あぁ、なんかドキドキしてきちゃった。試合でもこんなに興奮しないかも」

胸を大きく上下させるのが若葉の頰から伝わり、額に吹きかかる吐息も荒くなる。

しかも、触れ合う場所は顔だけではない。

「若葉クン、オチ×チンが内腿に触れているのわかる？」

「もちろんだよ。早く入れさせて」

「入口をくすぐられて、私ももう我慢できない……ンッ」

勃起の根元を握り、亀裂の入口を自ら探った。数回前後に捏ねたあと、亀頭が温かな肉に包まれ、彼女は色っぽい吐息をこぼす。

「ンッ……キミの熱いのが入ってきた」

「まさか学校のアイドルとエッチできるなんて、うれしすぎるよ」

「じゃあ、そのぶんエキサイトして……早く、奥までちょうだい」

クラスメイトのふしだらな願望に若葉は下唇を嚙む。今すぐ応じたいものの、小男と大女のミスマッチは性器の位置に表われた。足の長さが違って、これ以上、入れることができない。亀頭が埋もれただけでピストンできず、物足りなさだけが残る。

（なんとかしないと。せめて、岸本さんの体重が半分にでもなれば……よし！）

「腕をあげて、扉をつかんで！」

「腕……こ、こう？」

個室の扉に背中を預けたまま、彼女は素直に両腕を上へと伸ばした。長い腕は扉どころか扉の上を水平に走る縁にまで届き、その縁を大きな手で握る。腕をあげた際に半袖ブラウスの袖口から腋窩《えきか》がチラリと見えた。そのわずかな暗闇から芳しい汗の香りが漂う気がした。

若葉は空いている左手でバレー選手のムッチリしたふとももに触れ、その手を下げてゆく。膝裏に手を通すと、杏夏は両手をあげたままピクンと肩を弾ませる。

「なにをするつもりなの」

「いいから、しっかり握ってて。行くよ」

若葉は両腕にありったけの力をこめて、彼女の両膝をすくいあげた。

杏夏は一瞬両目を閉じて「ひぃぃっ」と悲鳴を漏らす。

「こっ、これ……う、浮いているわ。駅弁ね！」

若葉は膝を少し曲げて腿で彼女のヒップを受け止め、両手で彼女の腰をかかえ直す。

変則的な駅弁と呼べるだろうか。若葉ひとりでは支えきれないので、杏夏に扉の縁をつかませ、背中を扉に預けてもらい、彼女の尻を腿で支える。非力ゆえに負荷を分散し、結果として足の長さのハンデを帳消しにする。

「ふ、深いところにまでオチ×チンが……い、イイわぁ」

「ほら、こうされたかったんだろ」

焦りのせいで、口調が乱暴になった。焦りの原因は両腕だ。体重を分散させても圧倒的な重量が両腕に圧しかかり、気をゆるめたら彼女を落としかねない。そうなる前にコトを終わらせなくてはならない。

急かされるままに腰を突き出し、杏夏を扉に押しつける。

「いつもちやほやされているくせに、こうやって乱暴にされたかったんだろ」

「ええ、そう。イイ子は仮面、これが本当の私よ。無茶苦茶に下から突いてぇ」

腰を押しつけて「ほら、ほら！」と叫んだ。奥深いところを突いたまま腿を揺らして彼女をわずかに浮かせ、彼女自身の重力で膣中を加圧する。

扉の金具部分がガチャガチャと擦れ、扉自体も軋む。

杏夏は「ひっ、ひっ……いぃ」と小さな口を横にひろげて苦しそうにあえいだ。

個室の外から久美が冷静に警告する。

「ねえ、杏夏、あまりデカい声は出さないで。外に漏れるわ」

「無理。声を抑えたくても抑えられない。いいの……だって、中をこじ開けられる感覚が強くって、ビリビリ痺れるんだもの。それに吊るされているみたいで」

「しょうがないわね。ちょっと、外を見まわる。少しは声を控えて」

久美がトイレの外に出たのを幸いとばかりに、若葉は果敢に責める。

杏夏を扉に押しつぶすつもりで下から身体をぶつけ、卑肉は奥深くを突き刺す。

「どうだ、気持ちイイか。オマ×コをヒクヒクさせやがって」

「すごい。すごくイイ。オチ×チンが気持ちイイトコにまで伸びてくる」

曲がった肉棒は跳ねあがり、杏夏の内側に隠された弱点を刺激した。

「身動きを封じられて、感じるなんてまるでマゾだ。ヘンタイバレーアイドルだな」

(よし、これは行けそうだ)

勝利を確信しながら腰で押しこみ、女陰の内奥を加圧した。

「そうよ。緊縛されてイジメられるのを想像するのが好き。若葉クンが悪いのよ。か弱いフリしてこんなことするんだもの。でも、イジメるのも好きよ」

そう言って、杏夏は腰をくねらせて淫猥な反応をした。

腰にからめた長い足に力を入れ、深く埋もれた男根をさらに奥にまで咥える。

足はガッチリと腰をかかえて、若葉の身動きを封じる。

「私がほかの選手からなんて呼ばれてたか知ってるかな」

「もちろん、キョウカスマウルでしょ」

「違うわ。それはあとからついたの。もっと単純よ」

若葉は美しい蜘蛛の罠にかかった哀れな獲物にすぎなかった。

バレーアイドルは人の悪い笑みを浮かべて本性を垣間見せる。

「答えは『鉄壁』よ。甘く攻撃してきた敵をブロックして得点にするのが得意なの」

「うっ、ううう……ナカが急激に締まってきた」

腹筋に力を入れたのか、濡れた肉路は長く強靭《きょうじん》な壁となって四方八方から迫った。

力任せに男根を握る感覚に似ているが、根元から先端まで危険な圧力にさらされ、最大の性感帯である亀頭と強く擦れる。

「ほら、さっきまでの威勢はどうしたの。若葉クンこそイッちゃいなよ」

杏夏は扉からぶらさがりながらも、腰をクイックイッと前後にくねらせて鉄壁を武器にしてペニスを摩擦した。

若葉としても攻めをゆるめることはできず、ひたすら腰を揺らす。

「まだまだ。杏夏こそイケよ」

若葉も全力攻撃しつづけた。守りを捨ててひたすら奥を突き、一方、杏夏はその摩擦を性感として返す。交わる場所は体液がドロドロにまみれ、全身を使った肉と肉のぶつかり合いに一瞬たりとも気を抜けない。

逆に言えば、ひと工夫できれば流れを引き寄せることができるかもしれない。

（どこか動かせる場所はないのか）

両手両足は杏夏を支えるために空けることはできず、男根もフル稼働だ。

残った場所は杏夏のなだらかなふくらみに密着した顔だけだった。

杏夏の胸もとから顔をあげ、首を伸ばす。

本人の許可を得ずに、バレーアイドルの愛らしい小さな唇を奪う。

（あぁ、爽快だ……）

やわらかい皮膚が触れ合い、うっとりした。少しむず痒く、吐息を感じながら、脳から蕩けてしまいそうになり、射精とは違う恍惚へと導かれる。

歓喜は若葉だけではない。杏夏の眉根に深い皺が寄り、五体を震撼させる。

「いぃい、イク……イクイク、チビにイカされちゃう！」

よし、撃墜だ。そう思ったのも束の間、最後のあがきとばかりに若葉の唇を割って杏夏の舌が侵入した。互いの舌がヌメヌメ擦れるのはじつに心地よく、限界まで募った我慢のゲージは呆気なく振りきれる。

(もう、無理だ……で、で、出るっ)

唇を重ねたまま互いの身体を脈打たせ、甘美な肉悦が背すじを走った。

身体が脈打つたびに脳が痺れ、ひとつまたひとつ欲望の証《あかし》を女体に放つ。

若葉は崩れそうなのを堪えて、陰嚢の痙攣が落ち着くのを待って杏夏の足を下ろした。それと同時に、めまいに襲われ、あとずさる。

激しい攻防の結果はイーブンだったが、過去感じたことのない疲労を覚えた。

杏夏は試合直後のように膝に手を当てて腰をかがめ、はぁはぁと肩で息をする。

若葉の視線に気づいたのか、身体は下に向けたまま顔をあげた。

「ガッツ、あるね。でも、腕がパンパンだからコリゴリ。試合より疲れちゃった」

「僕も最高に気持ちよかったけど……最高に疲れた」

彼女は目尻をたわめ、疲労を吹き飛ばすほど爽やかなキョウカスマイルを浮かべる。

「ナイスファイト。ちゃんと駅弁ができるように鍛えてくれれば、セフレになるよ」

「それはさすがに無理」

現実はなかなか厳しく、即座に大物をあきらめた。

コンコン。

控えめに扉がたたかれ、若葉が身構えるより先に声がする。

「終わった？」

落ち着いたしゃべり方で簡潔な言葉は久美のものだ。

杏夏はトイレットペーパーで股間を拭いてから、今の記憶を消すかのようにフラッシュバルブを踏んだ。大きく伸びをして、特に若葉を見ることもなく出てゆく。

「まさか、工藤さんも？」

うなずきながら、工藤久美は個室の鍵をかけた。

ソフトボール部のキャッチャーで主将。Tシャツにハーフ丈のジャージというラフな格好ながら二の腕は日に焼け、そして太く逞しい。髪が短いこともあって健康優良児っぽいが、成績は優等生グループと鎬《しのぎ》を削るほどで、それを印象づける眼鏡をかけている。教師からも監督からも頼られる文武両道なハイスペックなのだ。

便座にだらしなく座る若葉を見下ろし、眼鏡の蔓《つる》を指先で摘まんであげる。

「悪いとは思うけど、旅行中で気が逸るの」

「意外だよ。委員長とも仲がよさそうだから、こういうのしなさそうだと思ってた」

「彼女は誰とでも仲よくしようとするの。でも……いや、なんでもない。それより男子はだいたいエッチなことを考えるでしょ。頻度や内容はともかく女子も同じ」

ちょうど見張り役の加純が入ってきたらしく「外はオーケー」とつぶやく。個室は密室に近いとはいえ第三者に聞かれているかと思うと、緊張して声をひそめてしまう。

「三人連続はさすがに無理だよ」

うっすら生えた恥毛は体液で濡れて貼りつき、肝腎の男根は芯を失い、お辞儀していた。タイプの違う運動部女子二名と激しいセックスをし、疲労感すら漂う。

それを見ても臆することなく、一歩前に迫り、それどころか床に膝をつく。

「勃起させたら、使ってもいいってことよね」

一方的に告げ、頭を伏せた。短い髪が揺れ、シャンプーだろうか、甘すぎず爽やかな果物の香りが漂う。若葉の股間に顔を埋め、やわらかい陰茎をチュルッと吸いこむ。

「おぉ……まじめな工藤さんがフェラなんて」

加純や杏夏は陽気なので男性慣れしていそうだが、陰気な感じの久重もまた積極的だった。唇を窄めてやわらかな茎を咥え、ペニスに不思議な圧力を加える。

(ムズムズするんだけど、なにをされているんだろう)

唇の締まりは強くなり、ときおり「ブボボボッ」と音が漏れる。

肉茎を根元から抜かれる感覚がして、やっと気づく。バキュームフェラだ。

鍛えた肺活量を武器に狭い口腔内を真空状態する。さらには棹裏に舌を当てたまま
ゆっくり首を前後させた。唇の輪に幹を揉まれ、掃除機のような強靭な吸引を受ける。

「なんだ、これ……あぁ、口の中にに吸いこまれる」

短い髪が規則正しく前後に揺れるとともに、唇の窄まりがスライドして肉茎を刺激する。ときおり、ふたりの皮膚の狭間から「ブボッ」と猥雑な音が漏れた。

「このフェラ……タマまで引っこ抜かれそう」

数度くり返したのち、チュゥゥッとねちっこく吸いつきながら顔を引く。

チュポンッ！

イヤらしい吸引音とともに引きしまった唇が離れる。

「ネットに書いてあった。男子は好きなんでしょ」

「チ×コが抜けるんじゃないかって心配するほどだった……でも、気持ちよかった」

「へぇ。若葉って、スリリングなのが好きなんだ。これなら使ってもイイよね」

そう言って、チュッと亀頭の先にキスをした。

若葉のペニスは刺激を受けて無節操に勃起していた。キスがとどめとなり、陰茎は弧を描いて逞しくそそり立つ。亀頭は唾液に濡れて真っ赤に漲る。激しい二連戦のせ

いか、少しヒリヒリしたが、それを忘れさせるほどに強く脈打つ。

「ひとつ、僕からもお願いしていいかな」

「応えるかどうかは内容次第。でも、言うのはどうぞ」

「ジャージ、脱ぐよね。お尻を見せてもらえないかな」

これまで冷静な態度を貫いてきた司令塔は口もとをもごもごさせ、日焼けした顔を赤くする。意外とかわいらしい反応をジッと見ていたところ、若葉の視線に気づいたのか、逃れるように背を向ける。

「物好きね。やっぱり、男子の考えは理解できないわ」

不満そうに言いながらもウエストに両手をさしこみ、臀部を突き出して下ろす。

豊満なヒップはグレーのインナーに包まれていた。面積は広めで飾り気はなくスポーティだ。薄い布地は皺ひとつなくパンパンに伸びて肌に張りつく。

(あれは、汗かな。それとも……)

尻の底に濃いシミができていた。影とは違って身体が動いても濃淡は変わらない。

久重は腰の左右から親指をさしこみ、背を向けたまま腕を下ろす。

「おぉ、ナイスヒップ!」

ショーツが剝ぎ取られ、臀部が素肌をさらすと、若葉は快哉《かいさい》を叫んでいた。

太い腿に支えられた尻は大らかで腰から見事な台形を描く。脂肪の塊かと言えばそうではなく、筋肉を守る鎧として女体のやわらかさを備える。しかも、ユニフォームのラインで腿まで小麦色に焼けているのに対し、尻肌は肉まんのように白い。

「顔を押しつけて昼寝したくなるお尻だね」

「ひょっとして、教室でもそんなこと考えているの？」

横顔を見せて、チラリとこちらの様子をうかがった。照れた感じの表情で、若葉としてはその顔をもう少し眺めたかったものの、すぐに扉のほうに向き直り、片足をあげる。

シューズを履いたままなので脱ぎにくそうではあったが、片足立ちしても不動の安定感でジャージとショーツを脱ぐ。ジャージを扉のフックにかけたところで割りこむ。

「パンツ、見せてよ」

若葉の声に反応し、久美はこちらに顔を向けた。ただ、両目を見開き、顔面で「信じられない」と訴える。その直後、浅黒い頬を真っ赤にした。

「ば、バカなこと、言わないで。へ、ヘンタイ」

クレバーな司令塔は焦った様子でショーツをまるめて、右拳の中に隠した。

「残念だな。せっかく工藤さんの匂いを嗅ぎたかったのに」

「私は無理。ほかの女子に頼んで」

下腹部も日焼けしておらず、Tシャツの裾と重なるように黒々とした恥毛が逆三角形に生い茂る。その叢は水平に迫り、久美はガニ股ぎみに足を開いて若葉の足を跨ぐ。すぐ目の前にTシャツが迫り、フルーティな香りが漂う。

「そろそろ、はじめよう」

なだらかな胸のふくらみが連なり、その間から久美が見下ろした。眼鏡をかけているせいか、見られている感じが強い。

若葉もこみあげる欲求を抑えられるほど聖人ではない。

「ショーツはあきらめるから、おっぱいに触ってもいいかな」

ゴン！

個室の扉が外からたたかれたのか、騒々しく響く。

「悪かったわね、ヒンニューで！」

外で見張りをする加純が、扉越しに怒りをあらわにした。

加純の声を聞き、久美は唇の端をわずかにあげて微笑む。いたずらっ子のように目を輝かせたと思うと、無言で若葉の腕を引いてみずからの胸へを導いた。

(すごい弾力だ！)

まるみは乏しいが、やわらかい感触ながらも埋もれた指をスプリングのように押し返す。鍛えられた筋肉が厚い脂肪で包まれることで生み出される極上の反撥力だ。素肌はTシャツに阻まれていたが、それでも弾力を十分に感じることができた。

胸を揉んでいると、久美はときおり肩を引きつらせ、眼鏡の向こうで眉根を寄せる。

「ん、んふっ……安心したよ。私に興奮してくれたみたいで」

「だって、こんなにすごい身体をしているんだもの」

「ほら、私、加純や杏夏みたいに輝いていないから……んんっ」

「確かにあのふたりはスター選手って感じだけど、工藤さんだって主将だよ。それに、ユニフォームをムチムチに突きあげるお尻だけでも立派なオカズになるよ」

下ネタっぽいオチを告げたところ、ショーツを握ったままの拳で軽く小突かれた。

「やっぱり、男子は理解できない。でも、きっと妄想以上よ」

焼けた頬を火照らせ、若葉を跨いだまま腰を下ろした。左手で屹立の根元を握り、垂直にたてる。淫らなダンスを踊るように腰をくねらせ、過敏な部分で触れ合う。

「今、工藤さんのオマ×コに触ったよね」

「少し、黙って。これでも恥ずかしいんだから」

久重はしっかり屹立を固定し、息をひそめて狙いを定めた。ガニ股のまま腰を落としてゆくと、ペニスの先の点で接触していたのが面となり、やがて厚みを持つ。

ぬぷっ……ぬぷぷぷっ……。

亀頭の先からコールタールにまみれるかのようにネットリした粘膜質に埋もれ、快楽がふたつの身体を結んだ。

感動のあまりにとても沈黙を守ることはできない。

「あぁ。ふわとろだよ、工藤さんのオマ×コ……」

「くぅうぅっ。あなたのペニス、見た目以上におっきい」

腰を落としきって若葉の腰に座ると、眉間の皺をいっそう深めた。そのまま腰を前後左右に揺らし、股間を押しつける。

「うぅ。ヘンな形しているから、なじませないと壊れそう。おぅっ」

低く唸りながらも逞しい腰を自在に操り、あらゆる角度で男根を捏ねた。そのたびに眉間の皺を深めることをくり返す。角度の違いでだいぶ感触が違うようだ。逆にそれを受け止める肉棒は全方位から順々に刺激され、いっこうに慣れる気配はない。

「集合時間まで、もうすぐよ」

個室の外で加純が大声で指示した。

久美は若葉の上に腰を落ち着け、眼鏡の蔓を摘まんであげる。

「即行で終わらすわ」

久美は抽送をはじめた。足をガニ股ぎみにひろげたまま、膝を使って身体を浮き沈みさせる。ゆっくり腰をあげた直後、一気に尻を落とす。

全体重の乗った尻肉が押しつけられ、重量級のスクワットがはじまった。

「あ、あぁ……な、なんだ、これ！」

じつに不思議な感触だった。ふわふわとろとろの膣壁はそのままなのに、筋肉質な下腹部がなせるわざなのか、締まりというより圧力が尋常ではない。

大きなヒップを浮かせれば、ペニスが睾丸ごと引っこ抜かれそうになる。

威勢よく腰を沈めれば、濡肉から重圧が押しよせて勃起はつぶされる。

杏夏の鉄壁ともまた感触が違い、心地よさを越えて性感帯を翻弄された。

本日通算六戦目だというのに余裕はひと欠片《かけら》もなく、一気に危険域まで迫る。

「おとなしそうな工藤さんが、こんなにイヤらしいなんて……」

「あなたも見た目以上に凶悪よ。んふっ、予想外のところにまで伸びてくるのがとても新鮮だもの。うぅぅ、止まらないわ」

ショーツを包み隠した右手は握り拳のまま、久重は両手を自らの頬に当て、泣きそうな表情をしていた。そのくせ、ガニ股スクワットは規則正しく行われ、ゆっくり腰をあげては一気に沈めることをくり返す。ドスンドスンと豊満な尻が圧しかかるたびに、勃起の先が加圧されて「アッ」と声が漏れてしまう。

久美自身も眉間に皺を寄せて強い性感を耐えつつも、人の悪い笑みを浮かべる。

「若葉ってペニスは凶悪なくせに、女の子みたいにかわいらしくあえぐのね。しかも、こうやってお尻を押しつけると感じるんでしょ……んっ」

実際、のけ反った先端が久重の重圧でさらに折り曲げられると、亀頭の裏側をギュッと握られた感じがして、だらしなく声を漏らしてしまう。

久重はニヤニヤ笑いながら、重厚な連打で男の最先端を責める。

「なかなかの攻撃だけど、守備がザルね。ちゃんと我慢してよ」

トイレの個室には、久重の荒い吐息と若葉のあえぎのもたらす熱気に満ち、さらにはふたりの交わる場所からネバつく音が漏れた。久重が腰をあげるたびにペニスは芋掘りのように引かれ、そこから連なる全身の神経ごと根こそぎ刺激してくる。

（ヤバい……もう、我慢できそうにない……）

限界を悟ると同時に突如電子音が響く。すぐに「どうしたの、杏夏」と加純の声がした。

「マジかよ。ちょっと、待て」

そう言いながら足音はトイレの外に向かおうとしたが、すぐに止まった。

「河西さん、もうすぐ集合よ。遅れないでね」

やさしいソプラノボイスがトイレに響いた。声そのものが清廉として気持ちを穏やかにさせる。クラスメイトの声を忘れても、この声は忘れまい。

(奈津紀先生、なんでこんなところに！)

「センセーはなんでこんなところに来たんですか」

加純が若葉の疑問を代弁してくれた。

「決まっているでしょ。キミたちがちゃんとバスに戻るように見まわりに来たのよ」

ヒールで床をたたく硬質な音が若葉たちのほうへと迫る。

「ちょ、ちょっと、センセー、どこに行くつもり」

「おかしなこと言うわね。ここはトイレよ」

「トイレなんてあとでイイから戻ろうよ」

「どうせ向こうは混むもの。今のうちに用を足さないと」

若葉たちのいる個室の隣の蝶番《ちょうつがい》が悲鳴をあげ、鍵がかかった。

まさか奈津紀が来るとは思っておらず、若葉は焦る。

(絶対に黙ってないと、よりによって先生にバレちゃう……いや、ちょっと待て。こ

れは叫んで助けを求めるべきなんじゃないか）

ほんの少し悩んだ隙に突然口もとを圧迫される。久美に口を塞がれていた。それだけはない。彼女が手の中に隠していたショーツを捻じこまれ、声まで封殺された。

彼女は若葉の口を覆ったまま、耳もとに唇を寄せて声をひそめる。

「女子に押し倒された情けない男子って、自分で言うつもり？」

盗塁を牽制するかのように若葉の行動を先読みして、万一の可能性を封じてくる。

「絶対に声を出したらだめ。せっかく盛りあがったんだから、このまま続けましょうよ。スリル好きなんでしょ。それに、先生の音を聞くチャンスなんて一生ないのよ」

女神のような奈津紀を貶める悪魔の囁きに判断力を失い、耳を傾けてしまう。

隣の個室ではカサカサと衣擦《きぬず》れしたあと、プラスティックが軋んだ。

（ショーツを下ろして座ったのかな）

奈津紀の秘めた一面が脳内に再現され、意識を奪われた。隣の個室とは薄い壁で仕切られているにすぎず、同じ空間にいるのにも等しい。たんに見えないだけだ。

「んっ。ほら、ペニスが私の中で跳ねた。興奮しているじゃない」

とどめのひとことが若葉の決断を完全に鈍らせる。

久美はスクワットを再開した。すぐそばに担任がいるにもかかわらず。男根はより強く女肉と結ばれ、重厚なピストンもいっそう濃密になる。

額をつけて吐息まじりに囁く。

「ううぅ。隣に先生がいるって思うと、スリリングね……くぅ」

運動部女子では優等生の久美が、大胆にもこの状況に高揚していた。酩酊するような熱い視線で若葉を見つめ、腰を引いては押しつけることに没頭する。

(工藤さんのほうがよっぽどスリル好きだよ。でも、この異常な状況に興奮しているのは僕も同じだ)

重量級の下半身に陽根を刺激され、口の中にはショーツを押しこまれていた。

そして、耳をそばだてれば、隣の個室から「はぁ」と小さなため息が聞こえる。

その直後、堰を切ったかのような威勢のよい水音が響く。

(ああ、先生がおしっこをしているんだ!)

女神の生々しい行為をこれ以上ないほどに近い位置で感じ、血を熱くした。

便器の中で聖水がぶつかり、跳ね飛ぶ。

音楽教師の放尿はその音さえも美しいメロディを奏で至福へと導く。

(僕が先生の便器になりたい!)

耳もとでは久美の息が荒くなり、耳をくすぐる。

「う、うぅ……あぁ、ダメ。これ、ツーダンフルベースよりもテンションあがっちゃう。先に失礼せてもらうわ……うぅ……んんっ……あぁ、もうダメッ」

久美は片手で口を覆い、両目をきつく閉じた。暴走したバスのように重量級のスクワットは止まらない。膣全体の密度がギュッと高まり、勃起をしっかりと咥える。

彼女が腰をあげた際には、男根ごと若葉を持ちあげられるように錯覚する。

(チ×コが抜けそうだ……あぁ、サイコー)

尻を強く押しつけられると同時に、クラスメイトの奥深くに精を放った。

久美が果てると同時に、道連れにされる。この異常事態にボルテージは高まり、絶頂に焼かれた。息を止め、奥歯を噛みしめる。肉棒が脈打つのに合わせて神経は恍惚に貫かれ、重力から解放されたかのような浮遊感を覚えた。

隣の個室からは、トイレットペーパーを巻き取り、カサカサと乾いた音が漏れる。

そして、ふたたび衣擦れのあと、水を流す轟音が響く。

個室の扉を開け、ヒールの音は遠ざかる。

「あら、河西さん、まだいたの。もう、時間になるわよ」

「いや、あの、久美との待ち合わせがココなんで。合流したら、すぐ戻ります」

「先生のクラスだけ集まりが悪いとか恥ずかしいから、急ぎぎみでお願いね。それにしても若葉くんが見つからないのよね。彼を見なかったかしら」

「えっ、あっ、あぁ……そう。少し前に見ました。時間どおりには戻れるって」

「あら、そう。それはよかったわ。じゃ、先生は先に行くわね」

蛇口がキュッと締められ、ヒールの音はトイレから消えた。

久美はヒップを強く押しつけたまま、しばらく天井を仰いで絶頂の余韻を堪能していたが、奈津紀が去って、やっと若葉と視線を合わせた。

久美は恥ずかしそうに瞬きをくり返す。

「たまには、いけないこともイイわね。それ、あげる」

ジャージを手早く穿き、ノーパンで個室から出る。

鍛えられた腿と臀部は満足そうに、右に、左に揺れた。

第三章　腐女子たちの背徳のお願い

1

修学旅行二日目は、名古屋を発ち奈良経由で京都入りした。

観光は軽めだったが、昨日の疲労もあって、添乗員についていくのもしんどいなか、加純が「昨日は悪かったな」と、殊勝にも謝ってくれた。特に久美が反省しているということだ。加純は「今度、改めて詫びを入れるよ」と言い残して去った。

夕方、宿泊先の旅館に着いた。天然無添加化粧品の並ぶ土産物コーナーを物色し、大浴場で疲れを癒した。あとは夕食だけという状況でやっと気力が回復する。

畳敷きの大広間にはひとり用の御膳が連なり、生徒たちは夕餉を楽しんでいた。

（見た目も色とりどりで壮観だ。もっと近くで見られないかな）

入浴後ということもあって、多くの女子は隙だらけだった。

Tシャツにジャージ、あるいはショートパンツ、寝間着がわりのスウェット、ほんの数名だが旅館に備えられた浴衣に挑戦する者もいた。襟元はだらしなくゆるみ、その下にTシャツが見える。唯一、茶道部の筑紫《ちくし》千鶴《ちづる》だけは完璧に着こなしていた。豊かな胸のふくらみを包む襟元はセクシーで、ほかの女子とは次元が異なる。しかも、長い髪を巻きあげたうなじが、同じ高校生とは思えないほどに艶やかだ。

もちろん服装だけではなく、眼鏡の有無、濡れた髪、髪型の違いなど、教室で見慣れた格好とは異なって、目移りしてしまう。

（風呂あがりの姿だけでもすごいのに、女子風呂はいったいどうなっているんだろう）

愛美のほどよく焼けた姿、それと対照的な郁子の白い肌、麗のぽちゃっとした身体。加純の攻撃的な性格と比べて控えめな乳房、杏夏のファッションモデル級スタイル、久重の筋肉質な豊臀。

リアルな記憶が妄想を生々しくさせ、ソワソワしてしまう。

（クラスメイト全員が裸で過ごすなんて、やっぱ気になるよ……イカン、イカン）

若葉は空席に囲まれてポツンと座り、とても目立つ。女子を眺めていたことがバレるのも困るので、目立たないように身をひそめた。

話す相手もいなければ、まわりをジロジロ見るわけにもいかない。そのわりに集団行動なので食事時間は長い。とたんに箸も鈍くなり、スマホゲームをはじめた。

「若葉くん、ひとりでご飯を食べてもおいしくないでしょ」

担任の奈津紀が中腰になり、若葉のすぐ横にうるわしい顔を寄せた。こぼれた横髪を耳にかきあげると、香水だろうか、石鹸とは違うやさしい匂いが鼻腔に流れこむ。

「みんなといっしょに食べましょうよ。ひとりよりも、きっとおいしいわ」

「いっ、いや、そ、そ、そんなこと言われても」

「緊張しているの。大丈夫よ、あなたなら仲よくできるから」

担任は瞳をやわらかくたわめ、ボッチの生徒をフォローした。

(そうじゃなく……僕は先生のオシッコの音を聞いちゃったんだよ……)

故意ではないが、昨日、彼女の放尿を盗み聞きした。その当人と近距離で会話すると、その記憶を鮮明に思い出してしまう。良心が痛む一方で、下劣な欲望にとっては快美な音色だった。それに盗み聞きがバレていないか気が気でない。

複雑な心境のあまりに担任を直視できず、身体が硬くなる。

「先生が頼んでくるから、ちょっと待っていて」

「いえ、いいですよ、別にひとりでも」

若葉が呼び止めても奈津紀は嬉々として、手近な女子のほうへと向かう。

困った生徒を助けることに、手間ひま惜しまぬ姿に感動すら覚えた。

(先生はやっぱり女神だな……でも、さすがに無理だろ)

相手がコギャルの愛美やバスケ部の加純なら、いちおう深い仲なので、交渉の余地がある。だが、先生の向かった先はいつも三人で固まっているグループだ。

例によって、三人でヒソヒソと相談しながら先生と話している。

やっぱり、無理だよ。

そう思った矢先、奈津紀は振り返って小さく手招きした。


「邪魔してゴメン」

とりあえず謝って、三人組に合流した。斜向《はすむ》かいの女子が苦笑いを浮かべる。

「気にしないで。でも、若葉くんもたいへんね。こんな修学旅行になって」

冴木紗緒里《さえきさおり》はうしろ髪をポニーテールに束ね、白い首すじで色づくほくろが特徴的だ。ちょっとだけつり目ぎみで、痩身でやや身長は高い。白い肌とは対照的な派手なオレンジ色のTシャツを着ている。美術部所属だ。

彼女の言葉に、思わず苦笑いしてしまう。

「きっと一生忘れない思い出になるよ、いろいろと」

もちろん、そこには性的な意味もあったが、具体的なことは言わずに言葉を濁した。

正面に座る須和菫《すわすみれ》は黙ってふたりのやり取りを見ている。その名のとおり、スミレの花のようにクラスの中では一番小柄ながらもかわいらしく、マッシュルームっぽい髪型に大きな目をしていて幼い印象が強い。Tシャツの上に着た浴衣は完全にゆるみ、華奢な体つきをしている。若葉の記憶では、文芸部のはずだ。

そして、左隣の志摩祥子《しましょうこ》もまた黙ってふたりの様子を見ている。背中までかかる髪は少し濡れ、ふっくらした唇もみずみずしく輝く。大きめな黒縁眼鏡をかけ、ややぽっちゃりした体型からスポーツは苦手そうだ。ただ、胸の豊かさはクラスでも上位。見た目には女の子らしく、一部の男子からは人気がある。聞いた話では漫画研究会所属らしい。

美術部、文芸部、漫研と文化部三人組で、女子の近くに座るという願いは叶ったものの、祥子と菫からは警戒され、紗緒里は斜向かいでしゃべりにくい。

女子三人は明日のグループ行動の予定を話しはじめた。若葉にはまったく関係ない。

（これはこれで肩身が狭いけど、お互い無理して話す必要もないか）

ボッチ飯を回避したことで先生への義理は果たしたこともあり、胡坐を組んだ腿の上にスマホを乗せ、ゲームを再開しながらゆっくり食事を続けた。

しばらくひとりの世界に閉じこもっていると、バニラアイスに似た香りに鼻先をくすぐられる。同時に強い圧力めいたものを感じて顔をあげた。

黒縁眼鏡の向こうのやや垂れた目と視線が合うと、祥子は顔を真っ赤にする。

「わ、わ、若葉くんも、プレイしてるんだ」

「ひょっとして、志摩さんも──」

「うん。でも、イベントはまだクリアできないの。今日までだから、もう無理ね」

「無理ってことはない。キャラ属性のそろえ方がコツなんだ」

祥子はいぶかしげな視線で手のひらを伸ばした。どうやらスマホを見たいようだ。

手わたすと慣れた手つきで操作し、すぐに両目を見開く。

紗緒里と菫の間に移動して、若葉のスマホをスワイプする。

「見て、見て。ヤバすぎ。カンストだらけ、レベルマックスよ」

「すごーい。見たことない装備で超強そう」

菫の誉め言葉で鼻が伸びた。

「どれだけ暇だったの」

紗緒里の呆れ顔で、伸びた鼻をへし折られる。

そして、おそらく三人の中では一番プレイをしていると思しき祥子は目を輝かす。

「イベント、クリアできればレアアイテム、ゲットかも。若葉くん、手伝って」

食事も終わっていないのに、鼻息を荒らげた祥子に腕を引かれて大広間を出た。

担任の奈津紀と目が合う。本来は呼び止める立場なのに、級友同士の交流を喜んでいるのか、聖母のような慈愛の表情で微笑んだ。

2

「若葉きゅん、一生のお願い。すみれにやおい穴、見せて」

見た目の幼い菫が舌足らずに頼んできた。たぶん「くん」と言っているのが「きゅん」に聞こえたのだろう。自分のことを名前で呼ぶのも幼稚な印象を強める。

彼女たちの部屋は窓ぎわの板の間に年代物の籐椅子が鎮座する八畳間。すでに布団がたたんで並べられていた。それにもたれて遊んでいるうちに夜九時。少し仲よくなれた感じもするが、もう解散かと思っていたところに謎めいた言葉を投げかけられた。

「わたしも知りたいわ。お願い。こんなの、ほかの男子には頼めないもの」

祥子も頭を下げて頼んだ。豊かな乳房が下がり、スウェットの首まわりからデコルテより先の奥深いところがチラと目に入る。谷間の内側に小さなほくろがあった。

思わぬ幸運に喜びかけたが、それより先に解決すべきことがある。

「そもそも、やおい穴ってなに。やおいってボーイズラブでしょ。まさか、お尻？」

「違うよ。だって、見たこともあるもの！」

菫がかわいらしく憤慨した。

「見たことあるんなら、その人にもう一度、頼めばイイじゃない」

すると、今度は肩を落として首を横に振る。

「だって、マンガだもん」

「マンガ……まさか、そんなもんで——」

と言いかけたところで、祥子が割りこむ。

「私も見たいわ。そして、できれば写真を撮らせてほしいの」

「あったとしても、写真は撮らせないよ。なんでふたりともそんなにこだわるのさ」

「だって、リアリティが欲しいじゃない」

祥子が胸を張って答えたものの、いよいよ訳がわからなくなり、詳しい説明を求めた。絶対内緒よ、と前置きされて語ったところによると、祥子はマンガの、菫は小説の同人誌を作り、紗緒里は菫の小説にイラストを提供している。ジャンルはBLで男性同士の恋愛官能。作中には男性にも女性器に相当するものが存在するらしい。

「理由はいちおうわかったけど、無理なものは無理。それに、やおい穴が肛門じゃないなら、そんなものがついている男性はいないよ」

まさか女子と肛門について言い争いするとは思いもしなかったが、懸命に反論しても、ふたりは見たいと言い張る。並行線の様相に、紗緒里が提案する。

「写真は一枚だけ。そして、同じポーズの写真を若葉くんも撮っていい。もちろん、顔出しはNG。写真はスマホでお互いに確認し合う。これならイーブンでしょ」

紗緒里の提案に、女子ふたりは仕方ないとばかりにうなずく。

意外と人をまとめるのが上手いなと感心していると、気のせいか、紗緒里は唇の端を傾けてニヤニヤ笑う。それを見て、若葉は悟る。

(冴木さんはわかっていて、ふたりを煽ったんだな。でも、僕も撮れるのか)

魅力的な交換条件にうなずき返すと、三人はそれぞれ笑顔にほころぶ。

仕切り役の紗緒里が指示をする。

「まずは提案した女子からよ。若葉くんは立って、あっち向いて」

あれよあれよという間に押入横の柱に手をつかされ、背中を向けさせられる。

「じゃあ、行くわよ。オープン！」

クイズ番組みたいなかけ声とともに、紗緒里が若葉のジャージをパンツもろとも下ろした。背後から「わぉ」と女子三人の歓声が響く。

（いや、これ……恥ずかしいな……）

三人の熱心な視線が若葉の尻に集まった。もちろん、三人の表情は見えないが、確信できるほどに、情熱的に見つめられている。

思わず腿をギュッと閉じて、両手で無防備な男性器を覆う。

「も、も、もういいかな。さすがに、は、恥ずかしいよ」

羞恥のあまりに声が震えた。だが、三人は若葉の心情なぞ気にしてくれない。

「ダメよぉ、若葉きゅん。約束じゃない、やおい穴を見せてくれるって」

「ほら、それに旅の恥はかき捨てって言うじゃない」

ちょっと意味が違うよと祥子にツッコもうとしたところで、紗緒里が呼びかける。

「やおい穴の有無を確認できなかった人？」

すると、三人そろって「ハーイ！」と元気に答えた。

「ということで、まだだめよ。四つん這いになれば、わかるんじゃないかしら」

「そりゃ、いくらなんでも……」

「あら、それなら私たちの写真はいらないのね」

それを言われるとツライ。それにここでやめたら尻を見せただけ損した気分だ。

あとでしっかり見せてもらわないと。そう自分に言い聞かせて畳に膝をつく。

(うだうだ言ってもしょうがない。グラビアアイドルになったつもりで)

クラスメイトの女子三人に肛門を見られるという異常事態に直面し、覚悟を決めた。

股間を右手で押さえながら、左手をつっかい棒にして膝をたてる。

若葉としてはすべてをさらしたに等しいが、それを見る三人は不満のようだ。

「これじゃあ、よく見えないわ」

祥子は左右の尻たぶに手を添え、グッと裂いた。尻の谷底に涼しい空気が流れこむ。

背後の三人は「おぉぉぉ」とさっきより大きな声で感嘆する。

(ヤバいな……クセになったら、どうしよう……)

視線を独占する優越感、それに恥ずかしいことを知られるアブノーマルな悦びに心臓は強く脈打った。頭を下げると、自分の足の向こうに三人の顔がわずかに見える。

「あぁ。若葉きゅんの言うとおり、ないんだ……」

菫は落ちこむ。

「やおい穴って幻想だったのね、残念。でも、若葉くんのお尻の穴ってスミレの花みたいでかわいいわ」

祥子は隣に同じ名前の女子がいるのも忘れて垂れ目を見開く。

「さすがにこのアングルはちょっと淫靡ね」

紗緒里は唾をひとつ飲む。

三人は首を伸ばすように身を乗り出して見つめる。

(こ、こ、これは……ちょっと、くすぐったい……)

視線もさることながら、尻谷に三人の吐息が降りそそぎ、穴の表面がムズムズした。

「キャッ。お尻の穴がイソギンチャクみたいに動いたよ」

「スミレ、驚かないで。あなただって書いているのよ」

紗緒里が指摘する。

「だって、今まではやおい穴だったから想像だったもん。これからは若葉きゅんのお尻の穴を思い出しながら書く」

「私もこれからマンガを描くときは、若葉くんの肛門を参考にするわ」

一刻も早く忘れてもらいたいところだが、三人の興味はまだつきないらしい。

「やおい穴があるって思っていたところは小さな山脈があるね」

菫が新たな発見をする。

「それは確か会陰っていうの。菫にもあるわ。肛門って遠目には花びらみたいだけど、近くで見るときれいな放射線を描いているようにも見えるわね」

祥子が的確な解説をする。

「ちょっと毛が生えているのがすごくエッチ。ねぇ、ちょっと味見してみない？」

紗緒里の呼びかけに「賛成！」と、ふたりの声が重なった。

当然というべきか、紗緒里は若葉に確認するつもりは露ほどもないらしい。

「祥子、菫、私の順でひとり一分間。いちおう、ウエットティッシュ出そうか」

「さっきお風呂だったから、きっと大丈夫よ。なるべく素のままに近いほうがより自然でイイと思うの。じゃあ、お先ね」

食通っぽいセリフのあと、肛門の中心への吐息が徐々に強まった。生あたたかい軽やかな風に皮膚を撫でられた次の瞬間、クチュッと極小の濡音が漏れる。

（うおぉ。なんだ、これ！）

若葉が奥歯を噛みしめて刺激に耐えていると、祥子は尻をさらにひろげる。

「動いたら、ダメ。舐められないじゃない……れろっ、れろぅ……」

舌先をペンかなにかのように硬くして、小さな窄まりを突き刺そうとした。実際、突き刺さることはないものの、肉穴から温かい唾液が沁みる。

尻たぶをひろげられたまま、意外な心地よさに腰を突き出して、掲げてしまう。

(そんなつもりはぜんぜんなかったんだけど……これはこれでイイかも……)

アブノーマルかと思いきや立派な性感帯で、穴の縁から蕩けてしまいそうだ。

女子にとって最も神聖な唇で自分の最も汚れた穴をいじられると、妖しい背徳感にうっとりする。

「ぬぷっ、ぬぷっ……あぁん、残念。なかなか中には入らないのね。ぬぷっ」

尻穴を限界までひろげ、幾度も舌で突き刺そうとした。いつか突破されるのではないかというスリルもあり、同級生のやわらかい舌先を尻穴で堪能する。

「しゅーりょー。はい、祥子は終わり。次は菫の番」

「もう、終わり？　ちょっと、早くない？」

不満を言いながらも、祥子は若葉の背後から離れた。

若葉は物足りなさと安堵のまざった不思議な息を吐く。気持ちよかったとは言いにくく、口を噤《つぐ》みつづけた。女子三人の玩具にでもなったような気分だが、正直極楽だ。

「若葉きゅん、行くよ。くちゅ、れろ、れろ……」

菫の口撃がはじまり、祥子のときと異なる刺激に思わず「くっ」と息を切らせた。

彼女は小さな鼻頭を臀裂に捻じこみ、短い舌を懸命に動かす。はじめはおずおず動いていたが、だんだんと可動域をひろげ、肛門の外側をプロペラが旋回するように回転する。

（こ、これもヤバい……それに、スミレちゃんだもんな……）

菫が幼い容姿をしているためか、禁忌を犯している思いが気分を高揚させた。

「ねぇ、若葉くんのアヌス、どうかしら。ねぇ、ねぇ」

まだ順番の来ていない紗緒里がもどかしそうにたずねると、菫は舌先の旋回をゆるめる。

「れろぅ……うん、意外とおいしいかも」

「へぇ。どんな味。気になるわ」

「残念ながら匂いは石鹼だし、味も残ってないけど、こってり濃厚なの」

「そうそう。不思議な感じなのよね」

ひと足先に味わった祥子も同意する。

「それじゃあ、もう一回。れろぅ、れろれろ……」

「あぁ……す、スミレちゃん……あぅ……」

今度は声を抑えられなかった。ペロペロキャンディを舐めるのが似合う菫はアヌスの外側をくすぐったあと、徐々に内側へと円を窄めた。肛門縁の凹凸を刺激したかと思えば、舌先をドリルのように使って窪みの底を錐揉《きりも》みする。

むず痒い感覚が強まり、首すじがぶるぶる震え出す。

(気をゆるめたら、出ちゃいそう。マズいかも)

危機感が募り出したころ、紗緒里が「しゅーりょー」と声をかけた。間一髪セーフ。

「ほら、どいて。今度は私なんだから。でも、スミレと祥子の唾液の残る若葉くんのアヌスを舐めるなんて、きっと一生に一度の体験ね。れろろぉ……」

尻谷の奥底に舌を這わせた。絵筆のような、やわらかな舌遣いで往復する。

「うおぉっ。冴木さん、エロい！」

「れろろっ……悦んでくれるのね。なら、これはどう。じゅっ、じゅるるる……」

今度は肛門に唇を押しあてたまま、息を吸った。おそらく、わざと激しい吸引音を鳴らす。尻穴を吸い出されるのも生まれてはじめての経験で、肛門の縁がビブラートさせられ、新鮮な刺激に腰が砕けてしまいそうだ。

「ほわぁ。紗緒里ちゃん、とってもエッチ」

菫は素直に関心した。

「さすが、大学生のカレシのいるヒトは違うわね」

祥子はチクリと紗緒里を刺す。

「ちょっと、祥子、そういう話はマナー違反でしょ」

一瞬怒気をあらわにしたものの「とはいえ」と続ける。

「カレシじゃないからこそ、イロイロやりたい気もするのよね。手を退かすわよ」

今までずっと男性器を右手で隠してきた。この手が最後の砦である。

しかし紗緒里に引っぱられると、抵抗する気力は起きず、呆気なく陥落する。

「こ、これが若葉きゅんの、お、おにんにん」

「えっ……これが若葉くんのなの……ラスボスみたい……」

菫は極度の緊張のせいか呂律がまわらず、祥子は驚愕をあらわにした。

そして紗緒里は、ブボッブボッと音をたてて左右の睾丸に吸いつく。

さらには、吸いこんだ陰囊ごとを口の中でほろほろと転がされる。

「冴木さんって、やっぱりエロいんだね……くぅっ」

若葉が強がってみせると、紗緒里は左右の睾丸を咥えて応えた。

口の中で揉みくちゃにしたあと、閉じた唇の隙間からチュルンと押し出す。

「エロくてラッキーでしょ。それにしてもヘンな形ね……」

頭を低くして若葉の股間をのぞきこんだ。下腹から生えたペニスは弦を引いた弓のように弧を描いて上向きに反り、興奮のあまり腹に張りつく。ドクッドクッと脈打っては棹が弾み、薄皮に包まれた先端から興奮の粘液がトロリとこぼれ落ちる。

「なかなかすごいアングルね。よし、決めた」

「紗緒里ちゃん、決めたって、なにを」

菫が首をかしげる。

「写真よ、写真。私は若葉くんのチ×ポの写真を撮らせてもらうわ」

即断即決というのか、早速スマホに手を伸ばした。四つん這いの真横よりも低いローアングルでカメラを構える。ただ、被写体にご不満のようだ。

「さっきみたいにカウパーを垂らしている瞬間を撮りたいわ」

「はいはい。私がしごくから、紗緒里ちゃんはカメラ、構えていてよ」

やおい穴を見せるどころか、ついには直接的な性感になった。紗緒里がカメラを構えた反対側から祥子が亀頭のくびれを摘まみ、ゆっくり捏ねる。アナル舐めよりはなじみのある刺激にペニスがビクンと跳ね、先走りが糸を引いて落ちた。

パシャッ！

スマホがシャッター音を響かせ、紗緒里は満面の笑みを浮かべる。

「傑作が撮れたわ。ねぇ、私の写真を撮る前に、ちょっとエッチしない？」

ストレートな申し出に「えっ」と残りの三人は声をそろえた。

「そんなに驚かないでよ。こんな雰囲気になったら、私だってヘンな気分になるわ。それにチ×ポも臨戦態勢だし、持ちつ持たれつよ。ね、どう」

首すじのほくろが妙に色っぽく、カンストまでほど遠い若葉の精神力では抵抗しきれなかった。ただ、問題がないわけではない。

「僕はいいけど……」

と、言葉を濁らせ、菫と祥子もいることを伝えた。

「ここまで来て、私たちだけ仲間はずれってのはヒドいよ」

「すみれもいっしょがいい。邪魔しないから」

意外なことに、ふたりとも部屋に残ることを主張した。

紗緒里は早速立ちあがり、ジャージごとショーツを下ろす。

その際、蜜液が蜘蛛の糸のようにきらめいたのを見逃さなかった。

(興奮しているのは、僕だけじゃないんだ)

クラスメイトの女子にも性欲があることを目に見えるかたちで認識して安心した。

とはいえ、何人と経験を積もうとも、この手の会話は緊張してしまう。

「でも、どうしたらいい。好きな体位とかってあるかな」

紗緒里は踵をあげて濃いブルーのショーツを足首から抜き、まる裸となる。

「若葉くんが決めていいよ」

本当はふつうに寝てセックスしたい。布団も用意されていて、あとは敷くだけだ。しかし、これまでの拙い経験から、少しでも慣れた方法を選択してしまう。

「じゃあ、あそこで座るのはどうかな」

視線を向けた先は、板の間にある籐椅子。背もたれもあり、ふたりの体重をしっかり支えてくれそうだ。若葉の提案に紗緒里は頬を赤く染め、腰をくねらせる。

「イヤだぁ。対面座位なんて、ちょっとマニアックじゃない」

体位の名称がサラッと出るほうがマニアックだよ、と言うか迷っているうち、紗緒里に手を引かれ、椅子に座らせられた。彼女も椅子に乗り、圧しかかる。

「大きな椅子でエッチするってことは、女の私に動けってことね。小動物みたいな顔をして、ひどい命令をするのね」

もちろん、若葉にはなんら命令したつもりはない。

(三人の中では一番現実的そうな冴木さんって、意外と妄想癖があるのかな。これはきっと、命令しろ、ってことだよね、たぶん。それに、カレシがいるって言ってたけど……よし、それなら乗ってみよう!)

背もたれにもたれながら、括約筋を窄め、下腹部から反り返った男根を跳ねさせた。紗緒里の視線が動くのを見て告げる。

「冴木さん、いや紗緒里、俺のチ×ポが欲しいんでしょ」

早速口調を変えようとしたところ失敗だったが、もう少しトライする。

「どうせカレシは短小早漏で、自分勝手に出すだけなんだろ。いいんだよ、俺のチ×ポを好きに使ってくれて」

紗緒里に見せつけるべく、自らの勃起の根元を摘まみ、ゆっくり表皮を下げた。先端の薄皮が張りつめた直後、葡萄粒が飛び出すかのように亀頭が首を伸ばす。赤々とした果肉は卑猥な粘液で濡れ、複雑でまがまがしいフォルムを見せる。

「芸術作品でたくさん見てきたけど、こんな形ははじめて。本当に使っていいの？」

「もちろん。そのかわり、自分でハメるんだ」

紗緒里の細い顎が縦に揺れるのを見て、若葉は安堵した。

即興でワルっぽく演じてみたところ、反応は悪くない。それにカレシのことも適当に言っただけだったが、おそらく現実になんらかの欲求不満をかかえ、菫や祥子とエロティックな妄想を愉しんでいるのかもしれない。

紗緒里は椅子に乗り、若葉の腰を跨いでしゃがむ。

「コレなら、満足できるかも……」

正面にいる若葉のほうは少しも見てくれず、全神経が彼女の股下に集中しているようだった。それはそれで寂しい気もしつつ、分身を垂直にたてて待ち構える。

「あと数センチで入るぜ。ほら、ケツを下ろせよ」

ゴク！

紗緒里が唾を飲み、咽喉が揺れると同時に、ふたりの秘部が触れた。

先端からむず痒いものが伝わってきた次の瞬間には、温かくヌメヌメしたものに覆われ、そのまま根元まで包まれる。若葉の曲刀は肉鞘に収まった。

（あぁ。女子のナカって気持ちイイな！）

叫びたいのを必死で堪え、脳内で言葉を変換して冷静を装う。

「紗緒里のオマ×コ、なかなか上物じゃないか。どうだ、俺のチ×ポは」

彼女は蛙のような姿勢で若葉の腰にしゃがんでいた。背中をまるめて身を縮め、唇を小刻みに震わせる。両目をきつく閉じていたが、少しだけ片目を開く。

「見た目以上に、お、大きくて……いっぱい、いっぱい……」

苦しげな表情ながら、そうでないことは予想できた。まずは合格といった様子だ。

昨日は一生の幸運を使い果たしたかのような一日だったが、よくよく考えれば、好き勝手に遊ばれた気もしないではない。新たな欲が目を覚ます。

(今日は、僕がイカせたい！)

蛙のような姿勢の紗緒里の膝に手を乗せ、グッと押しひろげた。細い足はM字開脚を強いられ、彼女の腹の下では互いの恥毛を重ねながら淫靡な暗がりを作る。

「よし。じゃあ、そろそろケツを振れよ」

「でも……そんなのイヤよ……見られてるのに……」

顔を下に向けたまま、黒目は横に揺れた。紗緒里の背後で祥子と菫が目の前の生々しい出来事に息をひそめて見つめている。たぶん、仲よしのふたりに痴態を見られることが恥ずかしいのだろう。ならば、煽るに限る。

「ダメだ。ちゃんとふたりに、見てもらえるように動けよ。もちろん、俺だって見ているぜ。イヤなら、やめてもいい。そのかわり、カレシの小さいチ×ポで満足しな」

紗緒里は下唇を噛み、細い目をさらに細めてにらみ返す。

「卑怯者……若葉くんって、もっとやさしい人だと思っていたのに……んっ」

恨みごとを漏らした直後、身体を揺らしはじめた。

若葉に膝をひろげられ、恥骨を当てるようにして肉を重ねる。硬化した陽根は肉穴を塞いだまま、彼女の腰が円を描くのに合わせて膣中をかきまぜた。

「お、大きい……オチ×チン、すごく男らしい！」

瞼をきつく閉じ、紗緒里は尻を押しつけるのに没頭した。

（こりゃまた、ずいぶんと違うな）

紗緒里の膣は密着や圧迫は薄く、触れるか触れないかわからぬほどに軽やかだ。

（やさしい感じがするぶん、これならちょっとは耐えられるかもな）

密かに余裕を取り戻し、次なる辱めを与えるべく新たな言葉を探す。

「もっと、感じたいんだろ。なら、もっとケツを振れ。チンタラするな」

ピシャン！

紗緒里の腿をたたくと乾いた音が響き、紗緒里は「あっ」と悲鳴をあげた。

予想以上に大きな声だったので、当の若葉も焦ったものの、力は入れなかったので痛くはなかったはずだ。もう一度、ふとももを平手打ちする。

「あっ。エッチのときに人が変わるのなんて最低よ」

頬を真っ赤に染めて悪態をつきながら、腰をくねらせた。

ふだんなら言われたくない評価だが、今この場に至っては誉め言葉に等しい。

「動かないなら、それでもいいんだぜ。それなら、ココをふたりに見てもらおう」

少し身体を起こし、腕を伸ばす。尻肉を両手でつかんで臀裂をひろげる。

「ほわわぁ」

「見えちゃった……紗緒里ちゃんのお尻の穴……」

ギャラリーからの歓声にあと押しを受け、獲物をさらに追いつめる。

「ケツの穴までふたりに見られたぜ。そんな恥ずかしい場所、カレシにだって見せたことないだろ。動きたくないなら、このまま写真を撮ってもらおう」

「アヌスの写真なんて絶対ダメ。わ、わかった。言うことを聞くから……」

唇を噛み、視線をあげた。視線だけで殺す気なのではないかと思うほどの強い眼力でにらむ。若葉は不安になるが、杞憂に終わる。

「ああっ……んっ、あっ、あうっ、あんっ」

紗緒里は身体をゆっくり前後に揺らし、吐息を漏らした。数回スライドしたのち、すぐに腰を浮かせてギアをあげる。すると吐息は明らかなあえぎとなり、前かがみのまま腰を浮かせては、ビタンビタンと尻肌をぶつける。

「あっ、あっ……これ……見かけ倒しじゃなくって、本当にスゴい……あぅ」

電車が速度をあげるように問答無用の逞しさで抽送の速度をあげた。痩身のどこにそのパワーがあるのか疑うほどに、ダイナミックなピストンを無我夢中でくり出す。

「お、お腹の中が抉られちゃいそう……あ、あんっ、ほら、わかる？　こんなところまで来たの、若葉くんがはじめてよ……んっ、はぁっ」

身体を弾ませ、紗緒里は自らの臍の下を指さした。薄い下腹には白い肌がひろがる。

（おぉ。これは、エロい）

なめらかな下腹で控えめに生える恥毛が上下に動くのに合わせて、男根が女肉から姿を見せては消える。その様子を眺めていると、媚肉を突き刺す様子が断面図で脳裏に描かれる。ペニスは少しでも子宮に近い位置で精を吐き出そうと肉路をかき分ける。

「無害そうな雰囲気のくせに、ジッと見ちゃって……イヤらしいんだから……あっ」

ドスッドスッと一定のリズムで尻を押しつけ、肉と肉をぶつけ合う。

紗緒里が腰を沈めるたびに、亀頭の先端が媚肉と強く擦れる。

「オチ×チン、気持ちイイ？　オマ×コがパックンしているの、わかる？」

クラスメイトの媚肉がペニスを心地よくしごきたて、うなずき返す。

ほんのわずかな面積でしか触れ合っていないのに、圧倒的愉悦に神経を侵される。

（あれ……いつの間にか、攻守が変わっている）

若葉としてはあれこれ命令し、恥ずかしい思いをさせることで主導権を握っていたつもりだったが、肉交がピークに近づくと快楽に気を取られ、主導権を奪われた。

ポニーテールを小気味よく弾ませながら、乗馬にも似たピストン運動に耽る。

「あ、あん。若葉くんの演技、けっこうよかったよ。でも、やられっぱなしは性に合わないの。ごめんね……そのかわり、このまま出してもいいから」

「な、中出し……そ、そ、そんな！」

魅力的な提案に思わず叫んでいた。同時にペニスはラストスパートを間近にしてヒクンと引きつる。男なら、心揺れないわけがない。そして、紗緒里はやせ我慢を骨抜きにするべく、さらなる追い打ちをかける。

「あんっ……もう、こんなに硬くして……限界なんでしょ。出しちゃいなよ。あんなに偉ぶっていたくせに、苦しそうな顔しちゃって……あぁん」

尻の浮き沈みは激しくなり、紗緒里の下腹から勃起が姿を見せた。勃起の棹は泡立った白い粘液が筋を作って下品に濡れ光る。そして、次の瞬間には彼女の中に呑みこまれた。腰の動きとともに嬌声をオクターブをあげ、長いストロークで勃起の隅々までしゃぶりたてる。

追いつめんばかりの抽送に、旗色が急激に悪くなる。

（ナカがうねる。ひょっとして、彼女のほうが僕に合わせてくれていたのか）

「あっ、あん……オチ×チン、オマ×コでシゴかれて感じているんでしょ」

ふたりの体重を支える籐椅子は、紗緒里の動きに合わせて静かに軋んだ。

軽やかな媚肉は絵筆がやわらかくたわむようにして勃起にからみついた。ピストンによって敏感な表面を上へ下へと撫でまわし、特に雁首の出っ張りを妖しくくすぐる。

本気モードに変わった膣肉はまさしく天国で、射精欲求をグングン募らせる。

このまま彼女に委ねれば、最高の中出しを期待できる。

（だめだ。イキたいけど、イカされるだけじゃだめだ！）

昨日までの若葉なら自らの絶頂を間違いなく優先していただろう。だが仮にも童貞を捨てた男ならば、女性を満足せなくてはならない。乳房は目の前で無防備にさらされ、昨日の杏夏との交わりを思い出す。両手も顔も空いているのだから、まだまだ責められる。しかし、それでも手数が足りない。

「志摩さん、スミレちゃん、手伝って！」

クラスメイトのライブセックスを鑑賞することに夢中だったのか、ふたりは目をまるくした。限界が迫っているのを感じ、可否を答える暇も与えずに命令する。

「スミレちゃんは、紗緒里ちゃんのおっぱいを舐めて」

小柄な同級生は「ふぁ、ふぁい」と緊張ぎみに立ちあがり、椅子の左側に立つ。

紗緒里の腕をかかえて背をまるめながら、まるい舌先を乳頭に寄せる。

乳首を捉えると、若葉のアヌスを舐めたときのように、健気に円運動させる。

「あ、ちょ、ちょっと、スミレ、あんた、なにを……はぁん」

眉間に皺を寄せ、苦しげに息を乱した。

「わ、私はどうすればいい。は、反対側？」

祥子も緊張していたが、自ら聞いてきたくらいなので好奇心はあるのだろう。

もちろん、右の乳首も空いているが、彼女向きの場所がある。

「いや、そこじゃなく、祥子ちゃんは、こっち」

「ちょ、ちょっと、若葉くん、そこは……」

若葉は彼女の尻たぼを外にひろげ、谷間の底の秘孔を剝き出す。

祥子はぺろりと上唇を舐めたあと、紗緒里の向こうに腰を下ろし、攻撃に参加する。

「れろ……これが紗緒里ちゃんのお尻の味なのね。若葉くんとも違うわ……れろっ」

どう違うか興味はあったが、今は聞かないことにする。とにかく間に合った。

そして若葉自身も背中をまるめ、お椀形の乳房の先端を吸う。

細腰は暴走列車のように力強い反復を続け、きつく瞼を閉じで天井を見あげる。

「あぁ、どうなっているの。ズルい。頭がヘンになる！」

(イケ、イケよ。こっちは三人がかりなんだ)

やわらかい繊毛に雁首を撫でられながら、必死に乳首を吸い返した。

すぐ横の幼女ふう女子は仔猫がミルクを飲むように舌先をすばやく動かして乳頭をくすぐり、若葉の足もとでは好奇心旺盛な眼鏡女子がアナル舐めで援護する。

口に含んだ乳首はピンピンにとがり、媚肉はドロドロに濡れて高揚を訴えた。

（でも、これは……さすがに、もう……）

膣中で勃起が痺れ、やり過ごすことのできない予兆がはじまる。

今さら抜くこともできず、同級生にしごかれるたびに終末のときが迫った。

ふたりに協力を仰ぐタイミングが遅かったのか、劣勢のまま先に限界を迎える。

「ちゅぱっ……みんな、ゴメン……あぁ、もうダメかも……」

「あぁ……ほら、オチ×チンが気持ちイイんでしょ。たっぷり出しなよ」

紗緒里はラストスパートとばかりに抽送のギアをあげ、籐椅子の軋む間隔も短くなった。媚肉はペニスをねぶるように卑猥にしごき、ついに男根が音をあげる。

「うぅ……ダメだ。もう、出る。うっ、うぅっ」

落雷を受けたかのような強い肉悦に貫かれ、紗緒里に翻弄されたまま射精した。

彼女のヒップを強くつかみ、睾丸に渦巻く欲望が噴火のごとく爆発する。

「熱い……若葉くんのザーメン、すごく熱い……えっ、あっ、う、ウソ。ダメ。もうちょっと、我慢して……はぁん」

屹立を深く呑みこまんだまま、紗緒里は熱に浮かされるかのように小刻みに震える。

若葉の放精につられ、彼女もまたエクスタシーに達したようだ。

膣圧が高まって、男の精を最後の一滴まで搾り取ろうとする。

首すじにある小さなほくろが汗に濡れ、宝石のようにきらめいた。

3

「今度は私の相手をしてくれない……かな」

紗緒里との一戦を終えて、茫然自失だったところで現実に呼び戻された。

同じく意識を取り戻したのか、紗緒里は若葉の上から退いてフラフラ歩き出す。

ピンク色のスウェットを着た祥子が、手を腰のうしろで組みながら顔もピンクに染めて腰をモジモジくねらせる。

「まさか、志摩さんも？」

呆気に取られていると、紗緒里は股間をティッシュで拭きながら会話に入る。

「へぇ。祥子が生身の男子に興味を持つなんて、珍しいじゃん」

全身全霊で戦って燃えつきた若葉と違い、まだ余裕があるのか茶化した。

からかわれたこともあってか、祥子はますます顔を赤くして小声で反論する。

「だって、紗緒里ちゃんがあまりにも気持ちよさそうだったから……」

「僕からすれば、とてもうれしいことだけどさ。でも、ちょっと休憩しないと」

返事もまた小声になってしまう。男性器はすっかり戦闘態勢を解き、ただの肉のホースとなって股間から垂れていた。男の威厳の欠片もない、情けない姿だ。

「大きくなったら、私の願いを聞いてくれるかな」

「そ、そ、そうだね……もちろん」

と返事せざるをえないが、気分はうしろ向きだ。

「じゃあ、まずは脱いじゃうから、ちょっと待って」

腕をクロスしてスウェットを捲りあげた。裾が胸に引っかかってモゾモゾする。

乳房が限界まで押しあげられたあと、男子にも噂されるほどの爆乳が、野暮ったいスウェットの中からプルルンと暴力的に弾み出た。

(すげえ存在感だ)

上下の揺れが収まると、胸もとには特大マシュマロがふんわり盛りあがる。ブラは白く清楚で、カップを結ぶセンターが、小さなリボンふうの飾りになって女子らしい。

「あんまり、見ないで……恥ずかしい……」

これまでの経験では見たことないかわいらしい反応に雄叫びをあげたいくらいだ。

彼女の右手は胸を隠し、左手は下腹を隠す。乳房に比例してというべきか、腹まわりは安定感がある。彼女は両腕で身体を隠しながら、ショーツを脱ごうとする。

「でも、本当にするの、祥子?」

紗緒里は、今度は軽口ではなく、友人を心配している様子でたずねた。

「う、うん……だって、今がチャンスだって思えて……」

返答の声は小さかった。なにか不安をかかえているのだろうか。

腕で身体を隠そうとするため、ショーツが足首にからんで苦戦している。

「若葉くんのアレはツラいかもしれないよ。初体験のとき、すごく泣いたんでしょ」

「えっ、志摩さんって、絶対処女だって思っていたのに……」

会話の外にいた若葉が思わず割りこんだ。文化系清純女子というイメージと異なる事実に失望感をにじませてしまったためか、当の祥子が焦りぎみに応える。

「ち、ち、違うの。そこまで軽くないよ……あの、絶対に言わないでくれる?」

もちろん、考えるまでもなくうなずいた。

「一度だけ……その、え、江藤くんに土下座されて……」

「アイツ、ぶん殴ってやる!」

脳の血管が切れるのではないかと思うほどの憤怒が駆けめぐった。かつての盟友への怒りで心臓が破裂しそうなほど高鳴り、血管を熱い血が流れる。

若葉と違って気持ちの整理がついているのか、祥子は意外と落ち着いている。

「私は大丈夫だから、気にしないで。そのときリアルは向いてないって思ったの。でも、そういう本を読むせいで、どうしてもあきらめきれないものもあって……」

祥子は生まれたままの姿になり、立ちあがった。右手で身体の前面、左手で臀部を隠す。恥ずかしげに腰をくねらせ、ムチムチした白い内腿を擦り合わせる。

「あ、あのね、わ、笑わないでね……お、お尻でエッチしてみたいの……」

顔を真っ赤にして、視線を逸らした。穴があったら入りたい、そんな表情だ。

ふだんのおとなしさに反して予想以上に過激な欲望を知り、鼻息も荒らいだ。

喰い入るほどに祥子の下半身を眺めていると、紗緒里が近寄ってくる。

「女子がそういうこと言うの、ものすごい勇気がいるんだから、絶対断らないで」

「わかっているよ。それに、女子の頼みは断れないんだ」

昨日から頼まれごとばかりにも思えたが、今回ばかりは奮起の度合が違う。

紗緒里は細い目をたわめて微笑み返す。

「さっき下で買ったんだけど、役に立つんじゃないかな」

お土産コーナーで見たハンドクリームを若葉の手のひらに大量に垂らした。百パーセント天然素材の潤滑剤ということらしい。

ついさっきまで息をひそめていた男性器は、出番とばかりに回復していた。我が分身ながら単純で情けないが、今ばかりは頼もしい。

続けて紗緒里は、テキパキと指示を出す。

「じゃあ、祥子は自分のにもよく塗ったら、四つん這いでお尻を開いて。スミレはそっちに座って待っていて。若葉くん、準備はいい？」

絶景を目の前にうなずいた。

ペニスはさきほどの疲労を微塵も感じさせずに隆起する。

乳房同様に特盛サイズの丸尻が掲げられ、しかも自ら臀裂をひろげて可憐なアヌスを見せつける。ふたつ連なった大福もちの狭間に桜の花びらをあしらったかのようだ。

控えめな窄まりは赤子の肌に似た桜色をしており、そこにたっぷりハンドクリームが塗られて待ち構える。しかも、自分で尻を開いているのがなんともイヤらしい。

紗緒里に言われるまでもなく、膝をつき、ペニスを下に向けて狙いを定める。

(祥子ちゃんとアナルセックスする幸運は二度とないよ……でも、大丈夫かな)

「ほらほら、早く、早く。善は急げよ」

若葉の迷いを打ち消すように紗緒里に急かされ、ペニスの先をあてがった。卑猥な肉を密着させ、腰をグッと押し出してみたものの、硬い壁に阻まれる。さすがにこれは無理だろうと諦念がよぎるが、紗緒里が祥子に声をかける。

「もうちょっとで入るから、深呼吸して。お尻でエッチできるんだよ」

「わ、わかった。すぅはぁ、すぅはぁ……」

明らかに緊張しながらも、親友の指示にしたがって、ゆっくり呼吸をくり返した。肩胛骨が揺れるのに合わせ、肛門の窪みもわずかに揺れる。

(意外と行けるかも。よし、角度を探ってみよう)

あきらめかけた気持ちを仕切り直し、勃起を握って極小の肉穴への刺突を試みた。しばらく祥子が深呼吸をくり返し、若葉が挿入をチャレンジする。幾度刺そうとしても難攻不落に思えたが、その瞬間は突然訪れる。祥子の深呼吸でほんの少しゆるんだ隙に、先が少しめりこんだ。互いの口から「あっ」と息が漏れる。

「わ、わ、若葉くん、入った？」

「ま、ま、まだ、もうちょっと……もうちょっと、我慢して……あぁ」

ふたりとも初体験のせいか、緊張を隠せなかった。

ペニスを握って狙いを定めながら腰を押しつづけると、ハンドクリームが摩擦を減らして互いの肌が滑る。亀頭の先が強靭な締めつけにさらされて「うぐっ」と息を漏らす。剛直が埋もれるにつれ、小さな肉輪の圧力が亀頭、雁首、肉棹、そして根元へと移動した。若葉の下腹は巨臀と密着し、逆ハートのまるみが形を歪める。

「入った。ぜんぶ入った。すげぇ気持ちイイ」

クラスメイトの腸内は全体的な密着感こそ薄いものの、入口の括約筋はペニスをピンポイントで締めつけた。一度射精していなければ、挿入と同時に漏らしていたかもしれない。極悪な圧搾にちぎれるのではないかとヒヤヒヤしながらも、誰も知らない処女地を征服した感動に血が沸きたつ。

興奮する若葉と違い、祥子にはそんな余裕はなさそうだ。

「い、痛いよぉ……お尻が裂けちゃう。お腹がパンパンで苦しいよぉ」

「たぶん最初はみんな痛いだろうけど、がんばって。さぁ、行くよ」

暴力的なまでの衝動がそう言わせたが、大事なことに気づいて動けなかった。

(これじゃあ、あの裏切り者と同じじゃないか！)

自分の欲を満たすのは大切だ。だが、自分の欲だけを満たすのは論外だ。

男子たる者、女子の心に傷を負わせるようなことは絶対に避けなくてはならない。

「冴木さん、スミレちゃん、手伝って」

「待っていました。スミレは祥子のデカパイを揉んで」

紗緒里が菫に指示を出す。

「うん、任せて」

室内の独特の雰囲気に慣れたのか、元気よく返事した。マッシュルームカットの幼い雰囲気の同級生は、四つん這いの祥子の横に膝をつき、その下に手をさしこむ。

「ふわぁ。祥子ちゃんのおっぱい、大きくてふかふか。ズルい……」

「ちょ、ちょっと、スミレ、わ、私、百合は興味ないんだけど……あんっ」

「ナイスよ、スミレ。じゃあ、私も手伝うから」

紗緒里は細い指にハンドクリームを塗り、わき腹の下に手をさしこむ。

「どこかな、祥子のお姫さま……あった。これこれ、これね」

「紗緒里ぃ、そんなところ……触らないでよぉ……あぅ」

「そんなこと言っても、ピンピンじゃない。破裂しちゃいそうよ」

「あぁ、いぃ……ふ、ふたりとも……激しすぎるよぉ……」

刺すだけの若葉と違って、女子ふたりは祥子の性感帯をピンポイントで効果的に責めた。その証拠に若葉が挿入したときと反応が違い、大きなヒップを右へ左へとくねらせる。極小の肉門の圧力も左右に揺れて、肉竿を折ろうとする。

「おぉ、祥子ちゃんのお尻の穴にモグモグされる」

「いひぃ……そんなこと、言わないで……恥ずかしい……でも、ちょっと……」

バックでアヌスを貫かれながら、祥子はチラと振り向き、一瞬横顔を見せた。頬は風邪をひいたかのように赤くなり、瞳は潤んでいた。祥子の変化はふたりのおかげだ。

眼下には、肩胛骨や背骨がなだらかな起伏を作る背中がひろがっていた。

男根を刺したまま、若葉も四つん這いになって覆いかぶさる。舌を突き出し、うなじに接吻し、舌を這わせた。湯あがりの肌はかすかに汗ばみ、バニラに似た甘い香りに汗の生々しい匂いがまざり出す。肛門の痛みを和らげるべく愛撫をくり返した。

「あぅ……首なんて舐めないで……汗かいているのに……い、いひぃ」

若葉の接吻に祥子の首すじは鳥肌が立ち、感度を高めた。

強烈なアヌスへの苦痛を三人がかりの愛撫で抑えこむ。

「祥子ったら、ホントかわいいんだから。クリはピンピンに勃起しちゃってるし、ふつうのエッチは苦手なくせに、イヤらしい汁でドロドロよ」

「祥子ちゃんのおっぱいから手を離せない。干したてのお布団みたいにフカフカで、揉んでいるすみれのほうが気持ちイイ。今度パフパフさせてね」

「祥子ちゃんの汗もイイ匂い……れろれろ……それに耳たぶも無防備だ……れろ」

「ひゃっ。ダメ……くすぐったい。そんなにされたら……い、い、イイよぉ」

三人の責めが功を奏したのか、明らかに肉悦にあえいだ。

ヒップを大きくくねらせ、もっと深くまで挿入をねだっているようにも思える。

(ここは勝負だ。でも、無理はしないように抑えぎみで……)

祥子の耳裏を舐めながら小さく腰を揺らし返した。根元をガッチリ食い締められるせいか、腸内は独特の感覚が強まる。それを彼女の耳奥にそっと囁く。

「祥子ちゃんの肛門にチ×ポを喰われているよ。駄々っ子みたいに放してくれない」

「そんなこと、言わないでぇ……私がエッチみたい……」

「エッチだよ。だってクラスに何人アナルセックスの経験者がいると思うんだい」

ふたりのつながる場所からヌチャッヌチャッとネバつく音が漏れた。肉厚な臀部はクッションとなって若葉を押し返し、さらなる抽送を駆りたてる。そのうえ、肉棒が去るのを惜しむかのようにガッチリ嚙みつかれた。

「いぃ……もう、ヘンになりそう。お腹の中をかきまわされて、痛かったはずなのに……私、エッチなのかなぁ……あぁ、ダメダメ。もう、ダメぇ。壊れちゃうぅ」

背を反らすと当時に、可憐な肉穴は断頭台の刃が落ちたかのように苛烈に窄まった。

腸が蠢き、男の精を欲する。強い交わりは我慢する気力をやすやすと奪い、カウントダウンの余裕もないまま一気に極みに押しあげた。

「出すよ。祥子ちゃんのケツの中に出すからね……ウッ、ウゥッ」

ドク！　ドクッ！

吐精するたびに視界は極彩色に染まった。

同級生のアヌスの奥に欲望を解き放ち、魂が抜けそうになる。


パンツを穿こうとすると、菫が見あげてくる。

「わっ、わっ、若葉きゅん、しゅ、すみれも、えっ、エッチしたい！」

舌足らずで噛みまくりながらリクエストしてきた。

「いやいや。だって、もう二度も連続で出しているから無理だよ」

「あら。さっき、女子の頼みは断れないって名言を残したのは誰だっけ」

すでにショーツだけ穿いた祥子が、菫の決断をあと押しする。

「私からもお願い。今を逃して、もし江藤くんみたいな毒牙にかかったら、死んでも後悔しきれないわ。まだ若葉くんのほうがマシよ」

いろいろ聞きたいことがありつつも迷ったが、発情しないことにははじまらない。

するとと祥子が顔を赤く染め、ショーツ一枚でモジモジ腰をくねらせる。

「その……もし菫の望みを聞いてくれるなら、今度、あなたの望みを聞いてあげるわ……も、もし興味があるなら、ぱ、パイズリでも、せ、セックスでもいいから……」

クラスの肉感的女子上位ランカーからの申し出に、まったく異論はなく、それどころかスイッチが入ったかのようにペニスの先がムズムズしだす。すぐ目の前にある、谷間の入口にほくろのある爆乳でパイズリされることを妄想するうちに、萎んだペニスは風船がふくらむように隆起する。

女子三人の視線が股間に集まり、その視線にくすぐられて誇らしげにそそり立つ。

紗緒里は自信たっぷりに、細い目をさらに細めて微笑む。

「若葉くん、三発目の準備はオーケーね。さ、スミレも寝て」

主役たる菫が寝転がる。サイズのダボダボだった浴衣もTシャツもすでに脱ぎ、細い両足をあげながらパンツに指をかける。

あまりに幼い同級生を前に不安が募るが、両足から下着を抜く際、一瞬、愛液が糸を引き、きらめいた。両足をゆっくりひろげると、その狭間には無毛の亀裂が詳《つまび》らかになる。

初々しいベビーピンクの陰唇は、職人によるガラス細工のように繊細だ。

完全未使用の小さな筋目はすでに蜜にまみれ、卑猥な形と濃厚な牝香で誘う。

「わ、わ、若葉きゅん……しゅ、すみれも、お、女にして……」

菫の咽喉は震え、かろうじて声を絞り出した。

若葉は拳をきつく握った。小さな身体で勇気を振り絞り、自分に大切なものを託そうとしている。それは信頼の証にほかならず、決して無下にしてはいけない。

「うん。スミレちゃんのはじめて、僕がもらうよ」

正常位で交わるべく、菫の足の間に腰を下ろした。屹立を下に向けて亀頭を女肉に当て、いまだ誰にも侵されていない聖域の扉を捏ねる。

「うぅ……くすぐったい……」

まるいまなこをきつく閉じ、腰をくねらせた。繊細な姫口は亀頭に押されて淫靡に歪み、涎に似た蜜液をにじませる。幼い風貌ながら女肉はメスの様相を帯びていた。

「じゃあ、行くよ」

「あ、あの、その……ちゅ、ちゅ、チューしながらじゃ、ダメかな」

顔を真っ赤にして懇願され、返事するまでもなく、顔を寄せて唇を押しつける。菫は目を見開いたのち、静かに閉じて身を委ねる。やわらかな肉を重ね、愛おしさに衝き動かされる。手の中の男根は猛々しく脈打って跳ねあがった。

ゆっくり腰を押し出した。男性器の先端は未開の地を切り裂く。温かい湯葉のようなやわらかい襞肉が幾重にも連なり、亀頭の傾斜をヌラヌラと撫でる。

「ウゥゥ……若葉きゅんがすみれのナカに来たんだね……ハゥ……」

よほどの衝撃なのだろう。重ねた唇が解け、小さな顎をあげて瞼をきつく閉じた。

(超狭くって、すごい圧迫だ)

うめきに合わせて膣中がギュッと窄まった。根元だけではなく肉路全体が窮屈になり、異物を排除しようとする。膣壁に押しつぶされる感じが性感のアクセントとなる。

男根が途中まで埋もれたところで、突如行き止まりとなり、挿入を阻まれた。

(これが処女膜ってヤツか)

純潔の証拠が自らの手に委ねられた。気づかなければなんとも思わなかったかもしれないが、まさしく今この瞬間、菫の人生で大切な儀式を任されている。

(この大役を僕が果たしてもいいのか。今ならまだ引き返せるはずだ)

苦しそうな表情で眉間に皺を寄せながら、菫はどうにか片目を開けて見つめ返す。

「しゅ、すみれは……ダイジョブ……」

「でも、痛そうだよ。それに本当に僕でいいの」

心配の声を聞きながらも菫は目をたわめて微笑む。眦《まなじり》が宝珠のように輝く。

「うん。若葉きゅんがイイ」

「ありがとう、スミレちゃん」

ふたたび小さな唇を塞ぎ、上から覆いかぶさって肌と肌を重ねた。スベスベした感触は唇だけではなく、小さな乳房や少しまるいお腹で男をやさしく迎える。身体の距離をゼロにすると、自然とペニスは奥を目指す。正面の壁を打ち破り、突き進む。

(あぁ、これぞ処女地。この世で僕だけが知っている感触なんだ)

唇を塞がれたまま、菫は「ンンッ」と甲高くうめき、若葉にしがみつく。

彼女の肌はなめらかで温かく、男の心を癒し、そして同時に猛らせる。締めつけるときは極上の圧迫感でペニスをしごき、ゆるんだときは襞肉でくすぐった。

どうにか根元まで押しこみ、亀頭の先が狭い肉輪に埋もれる。

「どう。大丈夫?」

わずかに唇を離して大きな瞳を見つめた。

「うん。痛いのは一瞬だけで、意外と平気かも」

「よかった。ほら、わかる? 今、スミレちゃんの赤ちゃん部屋とキスしてるよ」

勃起が跳ねて亀頭はもっと奥の秘境にまで潜りたそうに蠢いた。本当に子宮口かどうかはわからないが、近い場所なのは間違いない。

顔を真っ赤にしたあと、菫は若葉の首にしがみついた。しかも腕だけではなく、足でも腰を挟みながら耳もとで囁く。

「ねぇ、若葉きゅんの赤ちゃんの素、いっぱい注いでほしいな」

甘い囁きはオスの本能を支配し、男根は最大限にまでふくらんだ。情動を抑えられず、このままハメ倒したい。ただ、しがみつかれては実質身動きを封じられた。

腕と足の力をゆるめてよ。そう言いかけたとき、ひとつアイデアが閃《ひらめ》く。

「よし、このまましっかりつかまって」

「えっ。ひゃ、ふぁっ」

菫の腰に腕をまわして上半身を起こした。それどころか膝をたて一気に立ちあがる。

「ううう……ふ、深ひぃ……深いところを刺されてりゅぅ」

強い衝撃のためか、菫の呂律が怪しくなった。いわゆる駅弁だ。杏夏にはまったくできなかったが、クラスで一番軽い菫だからこそ可能な体位だ。ゆさゆさと身体を揺らすと、四肢を若葉の身体にからめて両手両足でしっかりしがみつく。

「ふわっ……しゅ、すみれ、と、飛んでりゅみたい……」

意外と抽送できないのは物足りないが、最深部まで捻じこんでいる感じはある。

「ちょっと、ちょっと、スミレ、初エッチが駅弁なんて、ダイタン」

今まで見守っていた紗緒里は興奮を隠せない様子で、菫の背後に腰を下ろす。

「案外相性イイみたいでちょっと悔しいから、私も参加しちゃおうっと」

「ウ、ウゥ、しゃ、紗緒里ちゃん、私、自分のお尻には興味ないよ！」

「ぬちゃぬちゃ……嘘つきね。ほら、ムズムズするでしょ。ねろっ、ぬちゃっ」

若葉からはその現場は見えないものの、たぶん紗緒里は菫のアヌスを舐めている。

女子同士の痴態をのぞきたかったが、彼女を支えるので精いっぱいだ。

そのかわりに、尻を弄《いじ》られた影響か、膣内が激しく収縮する。

（あぁ、これはなかなか……）

ペニスを食い締める感触にうっとり酔うと、もうひとりの影が動いた。

祥子は若葉の背後に腰を下ろし、ふたりの結合部を食い入るように見つめる。

「ドロドロの愛液に破瓜《はか》の血がまざっているわ。それにすごい匂い。こんなのを嗅がされたら、私も我慢できないわ。れろろろ……」

「うほぉ。祥子ちゃんがケツ穴を……そんなところまで」

祥子は無防備な肛門や会陰、睾丸まで舐めまわし、さらにはふたりの体液をすすり飲む。やわらかい舌にイヤらしくもてなされ、頭が沸騰しそうだ。

「若葉くんのは芳ばしくって、きっとやおい穴としても使えるわ。れろれろっ」

「スミレのアヌスはお花みたいでかわいいわ。ぬぷぬぷっ」

ふたりの苛烈な口撃もあって、持ちあげられた菫はプルプル震える。

「すみれ、腰がフワフワして、羽根が生えて飛んじゃう」

「僕も、もう出るかも」

「あのね、若葉きゅん、もう一度、お願い！」

なにとは言わず、まるい舌先を伸ばしてきた。もちろん若葉からも舌を伸ばし、互いの舌先をペチャペチャとからめる。菫の唾液はフルーツゼリーのように甘く、味蕾から沁みこむと、舌が蕩けてしまいそう。このまま出してと、可憐な肉体が訴えた。

（頭の中がスミレちゃん一色になる）

ふたりの身体は破廉恥な濡音に包まれた。紗緒里と祥子はアナル舐めで菫の処女喪失を祝い、菫と舌先で戯れ、女になった媚肉でオスを受け入れられる。

唾液や愛液のかすかな響きが福音となり、若葉を天国に導く。

「ぴちゃぴちゃっ……もう、限界かも……」

「しゅ、しゅみれも、も、もう飛ぶ……飛んじゃうぅ……」

両手両足でガッチリとホールドし、ひときわ強くしがみついた。しかも、膣中は真空パックのように窄まってペニスに密着し、その状態で小刻みに蠕動する。

「赤ちゃんの素をたくさん出すよ……ウゥッ」

身体中が甘い痺れに犯された。幼い風貌の董の膣に精液を噴きあげ、そのたびに魂が天に昇ると思うほど。うっとりしながら快美に委ね、絶頂に背すじを震わせる。

若葉にできることは四肢の力を抜かず、董を支えることだけだった。

第四章　エリート女子たちのペット飼育

1

「女子風呂、見たくない？」

あまりに破壊力のあるひとことを突如吹きこまれ、フリーズした。

（あれ……僕、なにしてたんだっけ……）

記憶がハッキリしているところから順に思い出す。

三日目の今日は京都市内のグループ行動。計画は各グループに任されていた。

ボッチの若葉は昨夜の疲労もあって漫画喫茶でサボるつもりだったが、担任の奈津紀の指示で女子にまぜられた。しかも、優等生グループ。

誰もが認めるクラス委員長の玉城環がリーダー的存在だ。クラスでも地味な若葉にも笑顔でマメに声をかけてくれる。教師の信頼も絶大で、成績も堂々の学年一位。

ただ、残りふたりはオーラが半端なくて近寄りがたく、正直言えば苦手だ。

ひとりは筑紫千鶴。風紀委員で茶道部部員。長い黒髪に端正な物腰、同じ高校生とは思えない落ち着きっぷりで、とにかく大人びている。目尻の横にほくろがあり、流し目をされると妖艶《ようえん》な雰囲気さえ漂う。

もうひとりは勅使河原《てしがわら》デイジー。ハーフで英語はほぼネイティブ。校内の女子最大勢力であるチアリーディング部でトップを担う。笑顔もダントツでかわいらしく、校外含めた男子に告白され、断りまくっているらしい。本人に言えぬあだ名は撃墜王。

今日一日彼女たちといっしょにいて、三人とも秀でているのを改めて認識した。そもそも彼女たちの自由行動は超過密スケジュールになっていて、観光地をまわる順番や移動手段の選択、予約できることは予約するなど効率がよかった。しかも、バスが来ないなどのトラブルがあってもいつの間にか予定どおりに収める柔軟性もあった。

気持ち悪いほど完璧な観光を終えて旅館に戻り、三人と別れたところで加純に声をかけられた。それがさっきの台詞。

「どういう意味かな？」

「ずいぶん反応が鈍いのね。彼女たちといっしょだったんだから疲れて当然よ」

加純は若葉の肩に腕をまわし、ボーイッシュな顔を耳もとに寄せてくる。

「この前のお詫びよ。前に圭吾が言ってたんだけど、男子の夢なんでしょ、女子風呂をのぞくの。それを手伝うからさ、この前の件をチャラにしてくれよ」

長く逞しい腕は頼もしく、制汗剤と思しき柑橘系の香りに鼻先をくすぐられる。

(女子なのに、男気あるよな。見た目も男子っぽいけど)

反射的に彼女の胸を見てしまうと、加純の腕が若葉の首をギュッと締めてくる。

「今、よけいなこと考えたんじゃない?」

「鋭い……いや、そんな、滅相もない……でも、簡単に言うけど、どうやって」

「作戦はこうよ。ワタシたちで若葉を隠して脱衣所に入る。着替えるフリをして中を眺め、すぐに退散する。ね、イケそうでしょ?」

自信満々に語ったが、聞いた若葉には不安しかない。

「作戦って大げさに言ったけど、たいしたことないじゃん。それに浴場ものぞいてないし」

「しょうがないじゃない。さすがに男子が風呂に入るわけいかないんだから」

男子風呂を見る限り、旅館の風呂は銭湯ほど広くはなく、湯船に十人、洗い場に十人が入れる程度だ。入口以外に侵入ルートはなく、正面から入るしかすべはない。

「風呂はクラスで時間割が決まっている。僕が行ったら、気づかれないかな」

「もちろん、女子っぽく変装してもらう。時間割は絶対じゃないから、ワタシの横で女バスのフリをしてればバレない。それから長居は厳禁。せいぜい二分間が限界よ」

時間は短いし、穴だらけの作戦に思えたが、あえて口にしなかった。

これまでほとんど接点のなかった加純が、若葉のために考えてくれたのだ。

(友情っぽくって、正直うれしいな。浴室をあきらめるのは残念だけど)

湯あがりの女子を目にするたびに女子風呂にあこがれを抱いた。そして、加純の言うとおり、浴室をあきらめ、時間を短くすればトラブルは回避できる気がする。

修学旅行の女子風呂をのぞく機会は、この先どれだけあるだろうか。

考えるまでもなくゼロだ。人生でこれが最後の修学旅行なのだ。

(一か八かに賭けるか。でも、河西さんが僕を罠にハメようとしてないかな)

加純に裏切る気があれば、若葉は簡単に犯罪者になる。

賭け以前にそこが問題だ。つまり、加純を信じられるか否か。

ストレートに探るわけにはいかず、軽口で様子を見る。

「ねぇ、脱衣所に入ったら、河西さんも脱ぐんだよね」

すぐ横で若葉の顔をのぞきこんでいた加純の顔が一瞬で真っ赤になる。

その直後、若葉の目が眩《くら》む。脳天がズキズキ痛み、拳骨を喰らったことに気づく。

「痛ってぇ。暴力反対。イジメだよ」

「うるさい。あなたのセクハラ発言のせいよ！」

マジギレ寸前にまで怒りをあらわにした直後、バツが悪そうに鼻頭を指でかく。

「四人全員Uターンすると不自然だから、杏夏と久美は風呂に入ってもらう。ワタシたちは即撤退よ。でも、どうしてもっていうなら、夜、あなたの部屋で見せないこともないわ。そのかわり、風呂あがりの牛乳を用意しておいてよ」

いかに低スペックな若葉でも、それが女子からのお誘いなのは察せられた。

そして、確信する。自分より体格のよい加純の肩に腕をまわす。

「提案に乗るよ。だからこの前のことはチャラだし、絶対に、誰にも言わない」

「なかなかのコーディネートでしょ」

杏夏が自信満々に言い、久重が物静かにうなずく。そして、加純が茶化す。

「なかなかイイデキよ、若葉ちゃん」

脱衣所に潜入するにあたり、加純たちの部屋で女装させられた。髪を整髪剤で撫でつけ、おしゃれ用の伊達眼鏡をかけ、そしてリップクリームを少し塗られた。

鏡に映る自分を見て緊張する。そして、意外だった。

（まあまあ、かわいい気がする）

上はTシャツで中には久美のブラをつけ、下は杏夏のスカートを穿かされた。そもそも杏夏のほうが足は長いので、若葉の下半身を完全に隠す。全体的なシルエットは女子っぽい。女子にしては髪が短いので、女子バスケットボール部の一員という設定は悪くない。

「よし、準備万端。出陣よ！」

バシン！

加純に背中を威勢よくたたかれた。まるで試合開始直前だ。女バスを率いる彼女の頼もしさを感じつつ、女子風呂に向かう。

先頭を長身の杏夏、右横を加純、うしろを久美に囲まれ、壁ぞいを歩いた。途中で他クラスの生徒とすれ違ったが、気にもされぬまま本丸にたどり着く。

（いよいよ……いよいよだ！）

修学旅行最後の夜にして最大のイベントに、期待と興奮と不安が入り乱れる。

心臓は爆発寸前で、深呼吸しようにも鼻息が荒くなってしまう。

「あんまりジロジロ見すぎないで。勝負のときこそ平常心よ」

加純に小声でたしなめられ、うなずき返す。

女湯の暖簾をくぐり、履物を下駄箱に入れ、その奥に鎮座するサッシ扉を開けた。

カラカラと軽やかな音が響く先には、桃源郷がひろがっていた。

(すっごくイイ匂いだ)

息を吸っただけで、ここが別世界であるのがわかる。さまざまな匂いがそこかしこに満ちあふれていた。花畑を思わせるフローラルなフレグランス、柑橘系の目の覚めるような爽やかな匂い、それにホットミルクに似た甘い香りにうっとり酔う。

「ほら、ボンヤリしないで。行くわよ」

小声で加純に促され、脱衣所を横切る。うつむいたまま必死に情報収集した。

愛美、郁子、麗の三人がそろって服を脱いでいる最中だ。

「麗はコンガリ焼けて、うらやましいよ」

郁子の言葉のとおり、麗は全身よく焼け、大きな乳房は蛍光イエローの下着に包まれていた。派手なファッションと違い、当人は意外と清楚なのを若葉は知っている。

「イッコちゃんは焼かないんだね」

「私は肌が弱くて無理。それに、白いほうがオトコの食いつきがイイのよ」

郁子はTシャツを脱ぎ、長い黒髪を払う。デコルテは麗とは正反対で白く透きとおり、レースに縁取られた黒いブラジャーと細いゴールドネックレスが胸もとを飾る。

「そういや、愛美はどこで焼いてんの」

愛美は蛍光ピンクの下着だけ残していた。肌の色はほかのふたりの中間くらいのカフェオレ色。頭上で噴水のように束ねていた髪を解く。

「アタシは天然。親戚が海の家やってるから、昔から夏はずっと手伝い。自然に焼けちゃうんだよねぇ。今チョー忙しいから、修学旅行もフケようか迷ったんだ」

紐みたいな細いサイドラインに指をかけ、無防備にショーツを下ろした。残念ながら、彼女たちの前を通り過ぎ、それ以上、見ることができなかった。

脱衣所の奥の棚に着き、入浴用荷物を置く。左の少し離れたところに人影がある。

「すみれのおっぱいも、祥子ちゃんくらいになるかなぁ」

舌足らずなしゃべり方は記憶に新しい。ピンク色のパンツを穿いたまま、隣で脱いでいた祥子の胸を両手で鷲づかむ。菫の小さな手が肉塊に埋もれた。

「はひっ……ちょ、す、スミレぇ……も、揉まないでよ……昨日からヘンよ……」

黒縁眼鏡をかけたまま、頰を真っ赤に染めて腰をくねらせた。

その横では紗緒里はブラをはずし、胸もとを隠すそぶりもなくショーツを下ろす。

「どうした、スミレ。巨乳がうらやましい？」

「うん……だって、男子は大きいおっぱいが好きなんでしょ。私も好きだし」

「たくさん牛乳飲んでたくさん食べれば、まだまだ胸も背も大きくなるよ」

「そっか……ならよかった。今度からご飯は残さずにぜんぶ食べる」

「その調子、その調子。でも、運動も忘れちゃだめよ。そうしないとこうなるから」

紗緒里はニヤニヤと笑いながら、祥子の下腹に手を伸ばして肉厚な腹を摘まんだ。

祥子は顔を真っ赤にして怒りと恥ずかしさを爆発させる。

「紗緒里ちゃん、お腹、触らないで！」

下着姿のガールズトークに意識を取られていると、すぐ横から落ち着いた声がする。

「みんな、賑やかね」

女子ソフトボール部の久美は早々に服を脱ぎ、手早くたたんで棚に入れた。全体的に厚めの脂肪に包まれているが、その下は鋼《はがね》の肉体。最後に眼鏡を置いて「お先」とタオルを肩にかけ、浴室に向かう。重量感のあるヒップが誇らしげに揺れる。

「久美ちゃんってやることなすこと正確で早いのよね。もう、脱ぎ終わってるし」

バレーボールアイドルの杏夏は、長い腕をクロスしてTシャツを脱ぎ、淡いブルーのスポーツブラをはずした。お椀ほどの、なかなかのサイズながら、身長比では小さめなのかもしれない。ハーフ丈のジーンズとブルーのショーツをまるめて棚に放り投げる。

「ちょっと待ってってば、久美ちゃん」

女バレのエースが小ぶりなヒップをプリンプリン弾ませて駆け出した。

ふたりは若葉の存在を知りながら、ふだんどおりに行動してくれた。

（みんなのおかげだ。この光景は一生の思い出になる！）

証拠を残さぬため、カメラはない。夜のお伴に使えそうな情報を脳に刻みこむ。

「あれぇ、タオル、忘れちゃったよ」

加純の大声に若葉は気を引きしめる。撤退の合図だ。心底残念だが、仕方ない。

その瞬間、加純の横の棚に透明なビニール製の小さなバッグが置かれる。

「あら、河西さん、今日のグループ行動、どうだった」

（い、い、い、委員長……ヤバい！）

呼吸が止まった。錆びたボルトのように、首すじを軋ませながら顔を反らす。緊張はピークに達し、それこそ心臓が口から飛び出そうだ。注意を惹いたら、即ゲームセット。少しでも目立たぬように息をひそめる。

「まあまあ、楽しかったよ。それにしても珍しい、委員長から話しかけるなんて」

えっ……。

咽喉から声が出かかった。加純が嫌悪感を隠しもしなかったからだ。

そう言われた環は、特に気にする様子もなく靴下を脱ぎ出す。

「私があなたの横に来たのは偶然よ。だって、ほかの棚はやかましかったんだもの」

今はみんな、浴室に向かおうとしているが、彼女が脱衣所に入ったときは、まだおしゃべりの最中でうるさく思えたのかもしれない。

ただ、彼女の返事はふたりの不仲を暗に認めているように聞こえた。

「そうそう。あなたに伝言があった。内藤先生が連絡ちょうだいって言っていたわ」

「ウソ、マジ？」

「嘘を言ってもなんの得もないもの。本当よ。急用っぽかったけど」

「ヤバい、あの件か。アレはマズい！」

そう言い残し、加純はバスケのカウンター並みのダッシュで更衣室を横切った。

そのうしろ姿に目をやり、環が棚のほうに向く途中、彼女の動きが止まった。

「あなた、河西さんのお友達？」

「じょ、女バス……です……」

環は三つ編みを解き、手櫛を入れながら「ふぅん」と興味なさげに返事する。

人生最大の危機を迎え、心臓がパニックで即刻停止しそうになる。

身動きひとつできずにいる肉体に、必死に命令する。

（逃げろ、今すぐ。なるべく自然に。幸い、今ならふたりだけだ！）

「か、か、加純ちゃん、に、荷物、わ、忘れてる」

彼女の荷物の入ったビニール袋をつかみ、足を踏み出す。

（よし。そんなに警戒されているわけじゃな――）

「――あっ」

「キャッ」

身体がやわらかい反撥に押し返され、姿勢を崩して盛大に尻餅をついた。

見れば、向こうも同じように尻餅をついている。

「ちょっと、気をつけてよ。危ないじゃない！」

大きな瞳をキッと吊りあげて怒りを全開にしているのは、勅使河原デイジー。昼間いっしょだったひとりだ。黒いTシャツはまるい乳房が浮きあがるほど肌に張りつき、少し縦長の臍が見える。さらに、ミニスカートからは両足が左右にパックリ開く。

「ご、ご、ごめん」

謝って去ろうとしたが、彼女のうしろに立つ女性が「待ちなさい！」と鋭い声で叫ぶ。筑紫千鶴は、ふだんは余裕の笑みを絶やさぬのに、今は眉間に皺を寄せてにらみ下ろす。

「あなた、何者ですか」

あまりの剣幕に萎縮しかけた。彼女の視線が若葉の目を見ていないことに気づく。

(筑紫さん、いったい、どこを見ているんだろう)

千鶴の視線を追うと、どうやら若葉の腹に向いている。デイジー同様に尻餅をつき、両足をだらしなくひろげていた。そして、ロングスカートの裾は捲れあがっている。

大慌てでスカートの裾を下ろしたものの、ブリーフをしっかり見られた。

「かわいい顔してピーピングとは、ずいぶんふてぶてしいわね」

デイジーが尻をさすりながら立ちあがると、環は手早く指示を出す。

「私とデイジーは見張り。千鶴は浴室のみんなに痴漢が出たと伝えて。まずは頭数をそろえて、コイツが逃げられないようにするわよ」

言い訳もできない状況で選択肢はひとつ。若葉はすばやく前のめりになり、環と千鶴の間に手をついた。腰を低くしてすり抜ける。

すると、みぞおちに激痛が走り、腹を両手で押さえてもんどり打った。

若葉の腹を蹴りあげた千鶴は距離をつめ、にじり寄る。

「女子相手なら逃げられると思ったのかしら。考えの甘い殿方ですこと」

「アタシのことをのぞこうとするヤツなんて死刑以外考えられないわ！」

デイジーが鼻息を荒らげて意気揚々と宣告すると、環が「待って」と割りこむ。

身悶える若葉の横に腰を下ろし、顎の下に手を当て丸眼鏡の向こうから見つめる。

「あなた、若葉くんでしょ」

「えッ」

「まさか！」

「間違いないわ。だって、ココは男子でしょ」

若葉の勃起が強く握られ、恐怖のあまりに「ひっ」と息をこぼしてしまう。

「体格も輪郭も若葉くんそのものだもの。男子があなただけなのが裏目に出たわね」

「さっさと警察を呼んで、コイツを突き出そう」

若葉がもっとも恐れることをデイジーに声高に言われたが、千鶴が割って入る。

「お待ちなさい。環さんのお考えは違うみたいですよ」

こぼれた前髪をゆっくりかきあげ、いつもの雰囲気とは違う笑みを浮かべる。

「情報が欲しいわ。近くに無人のスペースがある。そっちで話をうかがいましょう」

2

「単刀直入に聞くわ。あなたの協力者は河西さん？」

連れてこられたのは男子風呂の脱衣所。この時間は若葉のクラスに割り当てられ、あと三十分ほど使える予定だ。誰か来ないか祈ってみたものの、可能性はかなり低い。

（河西さんに手助けされたけど、絶対にしゃべらないぞ）

今回の件は加純から提案されたが、迂闊にしゃべると女子トイレの件にまでさかのぼる可能性がある。誰にも言わないと約束したことを守るべく無言を貫く。

環の尋問を聞き、デイジーは驚きの声をあげる。

「まさか。ケーゴならともかく、女バスのエースとコイツになんの関係があるのよ」

「さっきまで彼女もいたのよ。この修学旅行中、何度か話しているのを見たわ」

クラス委員長は持ち前の観察眼を披露した。一方、千鶴の思いは違うらしい。

「もし本当なら、河西さんには退学か謹慎していただきましょう。そうすれば彼女のグループを切り崩せるから票を散らせます」

「票……票って、いったい？」

思わず口を開いた若葉をデイジーは眉毛を段違い平行棒のようにして小馬鹿にする。

「ワカバって、タマキのこと、まじめでやさしい優等生って思っていたクチでしょ。残念ね。彼女は来期の生徒会選挙に立候補するの。その票稼ぎをしていただけよ」

「うふふ。ダメよ、デイジー。そんなこと言うと、彼が信じちゃうわ」

環はまったく否定せず、それどころか肯定する雰囲気を醸し出す。

（バカだ。僕はバカだ！）

演じられたやさしさに、コロッと騙されていたことを今さらながら悟る。

同時に、加純たちを絶対に守ろうと心に誓う。そして、環は大きくため息をつく。

「しゃべらないって顔ね。それなら、目標を変えましょう」

「手段ではなく、目標をですか。せっかくのチャンスなのに」

千鶴がたずねる。

「ずっと犬が欲しかったの。なんでも言うことを素直に聞く犬よ」

環が目配せすると、ふたりは若葉の背後から腕を押さえる。

「知られたくないことってみんなあるけど、これは相当よね、若葉ちゃん」

パシャッ！　パシャッ！

スマホをこちらに向けている。

「今度はスカートをあげて。パンツも見えるように」

環はふたりに命令し、女装の若葉の写真を撮った。そして、とどめのひとことを告げる。

「次がラストよ。邪魔な下着を下ろして」

「抵抗したら、腕を折るからね」

「イヤだわ、デイジーったら。若葉さん、本日は僥倖《ぎょうこう》だと考えてはいかがでしょうか。ふだんあなたとは接点がない殿上人に囲まれているのですから」

千鶴が菩薩のようなやわらかな笑みを浮かべるのを見て、若葉の背すじは凍りついた。おそらく彼女の中では明確な身分制があるのだろう。軟弱な凡才は選挙の一票とだけしか見なされず、そして、悔しいことに間違っていない。

「ほら、時間ないんだから、ボヤボヤしないで」

デイジーは力任せにブリーフを下ろした。下腹部から芋虫みたいなものが垂れる。

それを見て、彼女は明らかに見下した笑みを浮かべて罵倒する。

「チッサい。それにホーケーじゃん。サイアク！」

「ふたりともそのまま押さえて。写真、撮るわよ」

若葉はこれ以上ないほどの屈辱と絶望を味わわされた。

女装のうえ下半身を露出され、数度シャッターを切られる。

両腕を押さえられ、若葉にできたことは顔を反らして唇を嚙むだけだった。

（クソッ、こいつら……まず、あのスマホをなんとかしないと！）

環は写真を撮ったあと、なにやら画面を操作しながら「若葉くん」と呼びかけた。

黙ってにらむと、委員長は目を見開いて驚いたフリをする。

「まぁ、怖い。かわいい顔が台なしよ。このスマホを奪えばどうにかできるって企んでいるかもしれないけど、クラウドにバックアップ取ってログオフもしたわ」

つまり、写真を消せるのは環のみと宣告され、まさしく生殺与奪の権利を握られた。

もう終わりだ。気力は根こそぎ奪われ、身体は重力にさえ抗えずに崩れそうになる。

かつてのやさしいクラス委員長は若葉の前に立ち、腕組みをして見下ろす。

「もう、残り時間も少ないわ。せっかく誰もいないから、みんなでお風呂に入りましょう。ペットをお風呂に入れるのも飼主の務めですし」

クラスの、いや学校のトップスリーといっしょに風呂に入る——男子の誰もがあこがれる状況なのに、心は空虚で少しも気持ちが動かない。

「あなたの女装はかわいらしいかったけど、あの髪型はダメね。いつものフワッとした髪型が似合うわ、ウエスト・ハイランド・ホワイトテリアみたいな」

風呂椅子に座らせられ、若葉の身体と髪は三人がかりで手早く洗われた。

委員長が最後に言った単語は犬種らしい。そして、若葉も犬同様の扱いであることに気づいた。だから、彼女たちは惜しげもなく裸体をさらせるのだろう。

「あなたのこと、見直していたのよ。この旅行中、女子と話すと高確率であなたのことが話題になるわ。ただ、なぜか詳細はしゃべらない。だから、ひとつ仮説をたてたの」

環は一度サイドからこぼれた髪をかきあげ、若葉の前に膝をついて伏せた。吐息が股間にかかるほどに顔を近寄せ、カブト虫の幼虫のようにまるまった陰茎をチュルッと吸いこむ。ためらいなく唇をもぐもぐ動かして、舌を器用に這わせる。

「えっ、い、委員長……あぁ……あ、温かい……」

なめらかなベロやふっくらした唇で過敏な器官をあやされた。彼女の正体を知っていても、いつもの委員長のやさしさを肉体で思い出させられ、情欲に小さな火を灯される。膝をついて腰をあげているので、正面の鏡には、グラビアアイドルがヒップを突き出すようなアングルで尻が映った。しかも、グラビアとは違ってナマの局部が尻肉の狭間からチラチラと見えて目が離せない。

（う、うまい……なんだ、コレ！）

委員長のフェラチオはどうなっているのかわからぬほど巧みに口唇が蠢き、オスの情欲を燃えさからせた。唇が雁首の括れを締め、舌先が亀頭の先端をチロチロと舐めたかと思えば、頬の内側でやさしく昂りを受け止める。口内のありとあらゆる場所で若葉の小さな性感帯を刺激した。

なりをひそめた心臓はふたたび鼓動をたたき、高揚とともに血潮を全身に送る。

環は唇で肉茎を隙間なく塞いだまま、ゆっくり首を引いた。

唾液でコーティングされた男根がふっくらした口唇から徐々に姿を見せる。

「んっ……ほら、これじゃないかしら、あなたの人気の秘密」

さっきまで萎んでいたペニスが漲った。環の顔のすぐ前で天を見あげてそそり立つ。

「あんなに小さかったのに、ここまでデカくなるのか……マイゴッ……」

「まるで如意棒みたい。しかも、反りも傘の張りも異様な御珍宝ですこと……」

デイジーは驚愕し、千鶴はため息をついた。いずれにせよ、ふつうではないと言われているわけだが、今日ばかりは悪い気はしない。

「どうやら正解のようね。ただ、これはいただけないわね」

環は陰茎を握り、ためらいなく表皮を下ろした。亀頭を包む薄皮が一瞬で限界までひろがり、突然の痛みに若葉が「ウッ」とうめいても、彼女は少しも動じず剝ききる。

「子供っぽくてかわいいけど雑菌の温床よ。系列の病院を紹介するから切りなさい」

床屋にでも行くように、簡単に命令したあと、舌先で下唇を湿らせる。

「あなたにペットの資格があるか、テストしましょう。もちろん、断っても構わないわ」

その先に続く言葉は容易に想像できた。女装写真を公開するというのだろう。

つまり若葉に拒否権はない。現に返事を待つことなく、背を向けて壁に手をつく。

「ほら、こっちにいらっしゃい」

少なくとも三人に囲まれた状況では画像を消すことは不可能だろう。

腕力でも敵《かな》いそうにない。ならば今は黙って従い、チャンスを待つほかない。

彼女の背後に立ち、ペニスを握って先端を環の秘部に向ける。

（頼むぞ、相棒。でも、ちょっと遠いな）

環は膝を伸ばしており、ヒップを高い位置に掲げた。

かろうじて先っぽを環のあわいに押しつけ、亀頭で入口を探る。

「いつまで飼主を待た――あっ、なんでいきなりするの。声が抑えられ――あんっ」

（届かないなら、届かせるまでだ）

腰骨をつかみ、グッと引き寄せた。曲刀は濡れた肉路を切り開き、根元まで埋まる。まるい尻たぼは若葉の腰に押されて歪み、盛りあがった。

環は手をついた壁に爪をたてながら、若葉にされるがまま腰をさし出す。

「あぁ……イヤだ……思った以上にナカをひろげて……んんっ」

左手の爪は壁のタイルの溝に食いこみ、手の甲に細い骨が浮きあがった。右手は口もとを押さえて声を堪えている。鏡に映った美貌にはいつもの余裕はなく、眉間に皺を寄せながらも頬を火照らせた。それを見て、募りに募った憤りが爆発する。

「このまま突き刺すぞ。ホラ、ホラ、ホラッ」

自分自身を鼓舞しながら腰を押しつけた。亀頭が首を伸ばすように奥まで埋もれると、尻クッションに腰を押し返され、そしてまた腰を打ちつけて媚肉を掘削する。

かけ声の合間にふたりの肌がぶつかり、委員長の手の下から艶やかな声が漏れる。

「あぁ……あん……これ……形がヘンなせいで……圧力がすごい……あぁ……」

腰からガクッと崩れ、右手も壁に伸ばした。膝を少し曲げ、前かがみになってヒップを突き出す。ついさきほどまで背すじを伸ばしていた女丈夫の面影はなく、若葉のピストンに抵抗しきれないようだ。

弱者たる若葉が必死の攻勢に転ずると、ギャラリーから不安の声があがる。

「おい、ヤバくないか。タマキが一方的にヤラれてるじゃん」

「そうですね。奇怪な御摩羅と相性が悪い。いえ、よすぎるのでしょう」

委員長の崩れかけた腰を両腕で引き、一気呵成《いっきかせい》に攻めたてる。

パァン！　パァン！

肌をたたく甲高い打擲音が規則正しく反響する。

「クソ……あんっ……わ、若葉ッ……あぁん……チクショウ……まさか、こんな……覚えていろ……ペットのクセに……あぁぁ」

地味を装った美貌は快楽と怒りをにじませて歪み、濡れた黒髪を振り乱す。

たぶん、環は格下の相手に優位に立たれるのがいやなのだろう。優秀な美少女の、醜悪な本性を垣間見た気がする。もちろん、若葉の立場はなにひとつ変わらない。

「喰らえ、喰らえ、喰らえッ」

暴発を恐れず怒濤の連打をくり出す。なにがなんでも意地だけは見せたかった。

壁についた環の手のひらは徐々に滑り、結果として美尻を無防備にさらす。まるみを帯びた尻肉がヒクッと収縮しては弛緩し、ほのぐらい谷間に光が射す。

「セックスは慣れているかもしれないけど、ココはどうかな」

若葉は左手の人さし指を尻谷にさしこみ、谷間の奥底に咲いた肉花に触れる。

「へぇ……委員長のお尻の穴は、少し盛りあがっているのかぁ。しかも、肛門のすぐ横にほくろがあるんだね」

鏡の中で環の顔が真っ赤になり、しかも膣壁がムズムズと蠢いた。それがまた心地よく、濡肉トンネルで男根を摩擦する。祥子たちとの経験から、もしやと期待を抱く。

「委員長は肛門をイジられて、感じちゃうんだ……けっこう、ヘンタイだな」

追撃を強めた。肛門のまわりを指先でやさしく撫でたあと、中に入れるつもりで指を突き刺す。皺の刻まれたふくらみが、おちょぼ口で呼吸するようにプクプクと収縮した。すると膣壁がギュッと窄まり、雁首を押し返す。

「あぁ……そんな……お、お尻の穴で、か、感じてなんていないわ……あぅ」

口もとから涎を垂らして快楽に身悶えた。背骨をくねらせ、乳房はなすがままに暴れる。せつなくも苦しげな様子ながら、かろうじて仲間に指示を飛ばす。

「あっ……千鶴、デイジー、手伝って……このままじゃ……あんっ」

ふたりはしょうがないとばかりに近寄り、必死に腰を打ちつける若葉の横に立つ。

千鶴は瞳をやわらかくたわめて笑う。目もとのほくろが淫靡にきらめく。

「ほかならぬ環さんの頼みですから、ご容赦ください。ぴちゃっ……れろっ……」

千鶴は舌を長く突き出して、右乳首を舌先で転がした。紅い濡舌は触手のようにうねり、卑猥な気持ちを駆りたてる。しかも睾丸を鷲づかみ、陰嚢を大胆に揉む。

「おぉ、これは……くぅ」

ふたりは若葉の胸もとに唇を寄せ、乳首を愛でた。微弱ながら的確な性感を重ねる。くすぐったくも、間違いなく興奮に直結した。

「チュッ、チュッ……こんなに乳首、硬くして、ホント、女の子みたい……悪くなったと思うけどね、ワカバの女装……チュッ」

校内随一のモテ女の唇はふっくら盛りあがり、それを乳輪に押し当てて左乳首を吸ってきた。しかも、ときおり見せつけるように引っぱる。知る限り最高の美少女が胸もとに顔を寄せるだけでも、若葉ごときの理性は簡単に乱される。

「ちょっと、まだ大きくなるの。無理、本当に無理。壊れるわ。あぁん」

「クソッ。僕だって腰が止まらない。ふたりに乳首を舐められて、しかも委員長のオマ×コはうねりっぱなしで、超コリコリする」

「あぁぁ……い、イキそう……もう、ダメッ。んっ」

最後のプライドなのか、環は右手で口を塞いで、あえぎ声を無理やり抑えた。身体を息ませて小刻みに震わせると、肉路に小さな粒々が生まれ、それが裏スジをくすぐる。男の最大の性感帯への刺激が集積し、むず痒さが募って爆発を誘われた。

「うっ……で、出た……委員長の中にたくさん……うぅっ」

「スゴい、熱いのが奥に——あぁっ、さっきより大きいのがまた……ダメッ」

若葉が白い欲望を吐き出すと、環は連続で身体を弾ませた。膣は男の吐精を促すように、ザラザラと擦れる。千鶴の長い指が睾丸を揉みほぐし、精液を押し出す。

「今まさに、お種を放出しているのですね」

夢のようなひとときにもかかわらず、若葉の視界はにじみ、悲しみがあふれた。

3

男性器が力を失ってつながりが解けると、環は逃げるように湯船に飛びこんだ。

「環さんを満足させるとはなかなかですね。わたくしがお相手いたしましょう」

千鶴は湯船の縁に腰を下ろし、堂々と両足を開けひろげた。豊かな黒髪と同じく、下腹の恥毛も黒々と群生し、湯に濡れて照り返す。白魚にも似た美麗な指は叢を通り過ぎ、さらに下の亀裂を横にひろげる。臙脂《えんじ》色の媚肉が蠱惑《こわく》的に輝く。

若葉は花蜜を求める蝶のようにフラフラと近寄り、膝をついていた。

「こうして殿方を見下ろすのもよいものですね。さ、頼みますよ」

泣きぼくろのすぐ上の瞳は狂気めいた光を帯び、やや肉厚な上唇を舌先で舐めた。

同時に、若葉の鼻先をくすぐる牝臭が強まり、犬のように四つん這いで顔を寄せる。

(これが筑紫さんのオマ×コか……)

肉厚な貝に似た陰唇の内側はヌラヌラと卑猥に濡れ、濃い色合は彼女自身の成熟さを表すかのようだ。その上端には小指の爪のさきほどの陰核が、貴婦人のごとく誇らしげにそそり立つ。

「ほら、早くなさって」

苛立ちを隠そうともせず、若葉の後頭部に手をまわし、グッと引き寄せた。

うぷっ、と息を漏らしながら、唇は千鶴の秘唇と密に重なる。陰唇は充血してプリッとふくらみ、嚙んだらそれこそ貝のように嚙み応えがありそうだ。

「犬のように丁寧に舐めるのですよ」

三蔵法師のごとき威厳をもって命じた。校内ローカーストの若葉が、ハイカーストの千鶴の肉体に触れる機会はない。天竺《てんじく》にたどり着くほどの幸運をつかんだとも言える。圧倒的身分差、高圧的態度、絶対的脅迫材料といった事実に怒りが再燃する。

(黙って従うのも忌々しい)

千鶴の内腿に手を添え、舌先に力をこめて上下に這わせる。新鮮な貝肉はプリプリとした舌触りで、引き攣ると内側からこってりとしたエキスをにじませた。

「じゅるるっ……筑紫さんのマン汁、旨い……じゅるる……」

舌先にからみつく蜜はコンデンスミルクのように濃厚で甘いのに、海を連想させる塩気がまざっていた。複雑な味わいが咽喉を通り過ぎ、臓腑に沁みこむうちにギラギラした欲望が舌先にまで漲る。

「ま、マン汁なんて言葉、聞いたことがありません。んっ……そんな乱暴に吸いついて……て、丁寧にと申しあげたのに……」

命令に従わないことには不満そうだが、いやがってはいない。

若葉は小陰唇を軽く引っぱり、入り組んだ襞肉の内側と外側をしっかりケアする。

「丁寧にって、こうですか。れろれろっ……それにしても、ヒダヒダが大きいですね。それに刺激的なマンカスがついてますよ。舐め取らないといけませんね。れろれろ」

「そ、そのようなもの、あるわけが……」

「ヒダヒダが大きいですからね。ぴちゃぴちゃ……筑紫さんほどのお嬢様になると、マンカスまでチーズみたいな味なんですね。れろろろっ」

「そのようなものの味を知られるなんて……お、おぉぉ、堪らないわ」

両目をきつく閉じ、白い首にすじを浮かべてあえいだ。

立場の弱い若葉としては命令に従いつつ、快楽と辱めで反撃する。

（クンニは上々のようだな。こっちはどうかな）

両腕を上へ伸ばし、乳房を鷲づかむ。クラスでも一、二を争う巨乳はふわふわなスフレのように軽やかでありながら、大きすぎるゆえに指の隙間からあふれる。肉塊を揉みしだきながら、広めの乳輪のやや外側で慎ましくふくらんだ乳首を爪の先でかく。

「おぉっ。今度はお乳なの……んんっ……」

彼女の視線はゆるみ、頬を赤く染めて身悶えた。

乳房を揉みながら、舌先でクリトリスを転がす。丁寧にフードを剝がして肉真珠を舐めるうちに、そのすぐ下の亀裂からトロトロと蜜が滴る。そして、肉穴を下から上に舐めて汁気を補充し、極小の突起に舌を這わす。

「おぉぉ、いいわ。平民のくせに、舌遣いはお上手ね」

ムッとした。本人に嫌味のつもりはないかもしれないが、あまりに無礼だ。陰核を唇でキュッと挟み、両乳首を指先でギュッと摘まむ。興奮で充血した突起を捻って強めの刺激を注ぐ。

「お、ひ、ひぃっ、あぁ……痛い。これ……おぉぉっ」

千鶴が悶絶すると同時に両腿が閉じて、若葉の顔を挟んだ。

むっちり肉厚で抜群の弾力を備える内腿が頬に密着する。

しかも、若葉の後頭部から引き寄せられ、陰唇と接吻を強いられる。

(これぐらいがイイんだな)

歯に唇をかぶせ、顎の力を抜いて甘噛みで責めた。肉真珠のはかない感触を味わう。

その一方で胸肉の先端で実った乳首は親指と人さし指で摘まみ、容赦なくつぶす。

「て……丁寧にって……痛いのに……いぃぃ……」

陶然とした表情で宙を見つめた。視線は朧《おぼろ》で、口もとはだらしなく開いている。

強い性感のせいか、腿は若葉の頭を力任せに挟み、秘唇と恥毛が口を塞ぐ。

「こ、こんな刺激、はじめて……も、もう我慢……なりま……おぉっ」

千鶴がブルブルと小刻みに震えるなか、若葉の意識がフッと薄れた。


「若葉くん、若葉くん!」

委員長の顔がアップで迫った。教室と違って眼鏡はなく、髪も下ろしている。

若葉はゆっくり上半身を起こすと、美少女たちは安堵の息をこぼす。

「よかった……気を失ったかと思ったわ」

委員長の声が聞こえた。

「ホント、そう。こんな状態で救急車さわぎとか、ジョークにもなんないからね」

デイジーのひとことで、若葉は目を覚ましたことを半ば後悔した。

(確かにこの状況が明るみになれば、現状を変えられたかもしれないのに)

浴室にある壁時計を見ると、まったく時間は進んでいない。つまり、気絶したのはわずか数十秒程度といったところか。よくも悪くも意識はハッキリしている。

「若葉さん、咄嗟のこととはいえ、申し訳ありませんでした」

意外なことに、千鶴は正座をして深く頭を下げた。

身体を起こし、ひと重瞼の妖艶な視線を向ける。

「さきほどの不調法を償うべく、あなたの望みのまま欲求を解消なさってください」

「それは、僕の好きなようにエッチしていいってこと?」

若葉も知らぬうちに股間のものは充血し、ピクンと弾んだ。

千鶴は指先を唇で挟みながら、小さくうなずく。目もとのほくろから色香を放つ。

考えるより先に、手近なところにあったタオルを床に敷く。

「それなら、ここに寝てください」

「即席のお布団かしら。まさかふたりにまで見られるとは……」

千鶴は豊満な身体を横たえ、両膝をたてた。ギャラリーの熱心な視線が気になるのか、恥毛とその下を両手で覆って隠す。

「アタシのことは気にしないで。でも、チヅルのセックスショーなんて楽しみ」

「そうね。とても興味深いわ。本当なら動画を撮りたいくらい」

ふたりは湯船の縁に座り、楽しそうに微笑んだ。

そして、若葉は千鶴の尻を挟んで膝をつく。股間のものは仰角に天を見あげる。

（おまえはもう少し節度があってイイと思うんだけど）

分身を握ると、獲物を前にした肉食獣のように先端から粘液をダラダラ垂らした。

すでに一度放出しているにもかかわらず、欲望を強く誇示する。

太く育った茎は大樹のように逞しく、頼もしくもある。

「じゃあ、入れますよ」

切っ先を下に向けて淫裂にあてがうと、秘所を隠していた長い指が解けた。

亀頭の先で女陰の位置を探り、膣口の襞肉を捏ねるうちに窪みにはまる。

「筑紫さんってお淑やかかと思っていたのに、そうとうスケベなんですね」

「そのようなこと……おっしゃらないで……おっ、おぉっ」

眉根を寄せ、細い顎をあげると同時に、大きくふくらんだ肉傘は亀裂の中に消えた。

陰唇が肉棒に張りつき、ふたりをつなげる大樹が奥へ奥へと向かう。

先端の傾斜にはドロッとした粘膜がまつわり、奥まで刺してゆっくり腰を引く。

「えっ。これ、どうなってんだ」

肉棒を抜こうとすると、膣壁から無数の触手が生えたかのように裏スジや雁首を撫でてきた。しかも入口の輪がキュッと狭まり、摩擦感を高める。

「なんだ、今の……も、もう一度……」

肉路へ突入するときはやさしく受け入れ、退くときには膣全体が男根を快楽漬けにして閉じこめた。これはイヤでもピストンせざるをえない。

千鶴は牡丹《ぼたん》のように赤々とした舌を伸ばし、ふっくらした唇をペロリと舐める。

「わたくし、殿方との経験はあまりございませんが、みなさま、名器と悦んでくださったのよ。ご存分にお愉しみくださいい」

慣れや訓練でどうにかできるわけではなく、容姿や能力同様に、これもまた生まれ持った天賦の才。確かに今まで関係を持った女子たちとは違った。試しにもう一度出し入れしてみたが、反応はさきほどと同じ。極上の感触の虜になってしまいそうだ。

(クソ、気に入らない)

謝罪の際はしおらしく振るまったものの、若葉を子ども扱いする態度が鼻もちならなかった。しかも、多くを持つ者の余裕なのか、同学年ながら彼我を明らかに分けている。なにがどうなろうとローカーストはローカスと暗に言われた気がする。

（ノミにだって意地がある）

男根は力強く漲り、憤怒と興奮に息巻いた。硬さがマックスということはそれだけ射精までの時間が短いとも言えるが、刺し違える覚悟で臨む。

「あれ、彼、少し雰囲気、変わったかしら」

「そうかな。でも、チヅル相手に長持ちした男はいないから瞬殺よ」

ギャラリーの声が遠くに聞こえた気がするが、若葉は目の前に集中した。

身体を伏せぎみにして彼女の膝裏を腕で押さえ、白い足を大きくひろげさせる。

「若葉さん、奥まで、いらっしゃ――いッ……」

互いの下腹がぶつかり合うほどの勢いで最深部まで肉棒を捻じこむと、端正な顔が快楽に歪んだ。眉間に皺を寄せ、ほくろのある目尻が下がる。若葉を見あげていた黒い瞳はしっとり濡れ、唇はまるく開いてかすかに震える。

「筑紫さんのオマ×コ、チ×ポを舐めしゃぶってきて素敵です。僕のはどうですか」

「な、なかなかよ……上向きなのに、意外と伸びてくるのね……おぅ」

少し腰を引き、極上肉の浅瀬をゆっくりかきまぜた。極小の亀裂から、ヌチャッ、ヌチャッと卑猥な音がこもり、あふれた蜜液が棹を伝って陰嚢にまで流れる。

「自分で足をひろげてくれませんか。そうしたら、もっと奥まで行けますよ」

一瞬下唇を噛んだように見えたが、千鶴は自らの膝裏をかかえて下腹を開けひろげた。
一、二、三と浅く往復し、四で勢いをつけて奥までペニスを捻じこむ。そして五のタイミングで下腹を密着させたまま、膣に居座る。郁子から学んだ若葉のリズム。
それは千鶴にも利くようだ。

「おぉ……そ、そんなところにまで届くなんて……」

唇を震わせ、焦点の定まらぬ視線を漂わせた。いつものハイカーストから見下ろす泰然自若とした余裕はなく、一匹のメスが肉悦に酔い、色情を濃く匂いたたせる。

(よし、行ける。暴発を恐れるな！)

童貞を失ってからの日は浅いが、経験人数だけは多い。ピストンをくり出すだけでは自爆リスクも高まることはわかっていたので、五拍子で様子をうかがう。

「おっ……ねぇ、もっと奥まで来てくださらないの。ズボズボ突いて。ねぇ」

教室ではすました顔をする優等生は浅瀬中心では物足りないのか、自らさらに足を開き、尻を揺らしておねだりした。

(おぉ……マジか。あの筑紫さんが！)

鼻息を荒らげて腰のギアをあげた。これ以上、我慢できないのは若葉も同じだ。刹那の快楽を求め、肉をぶつけるほどに威勢よく肉槍をくり出し、内奥を突く。千鶴は顎をあげ、水面で酸素を求める鯉のように唇をパクパクさせる。

「お、おぅ、おぉ……すごい、お腹の裏にまで届くなんて……おぉ……」

賞賛の声に励まされ、一心不乱に媚肉を穿つ。声だけではなく、女体は反応を隠せず、天然ローションを分泌させ、潤いをたっぷりたたえる。

反り返った亀頭はヌメリを得て肉路をひろげ、どこまでも深く潜りこむ。

「おぉぉ、お迎えが来てしまいそう」

口の端からは涎が垂れ、教室で放つ威厳の欠片もなかった。瞳孔は開きぎみで視線は朧になり、立ちのぼる色香は淫靡そのもの。アクメ間際なのかもしれない。

(よし、このままイカしてやる)

体重を乗せて腰をたたきつけると、彼女の胸もとでは豊かなふくらみが暴れた。外側にやや開いて、女性ならではの絶妙な曲線を描き、プリンみたいに崩れそうなのに崩れない。しかも、乳輪はホイップクリームのようにふんわり盛りあがる。

「こんなの、はじめてよ……もう、我慢できないわ。ほぉっ」

戦いは最終局面を迎えた。連打を続け、自身の限界も迫っている。手数を増やすべく、伏せぎみの上半身を支えている右手をタイルから離し、まろやかな肉に伸ばす。

だが、それより先に下から白い手が伸びてきた。若葉の腕を払いのけ、細い指が胸板にかぶさる。蜘蛛の足のようにたて、男の小さな乳頭を爪でカサカサとかく。

「殿方も気持ちよいのでしょ、ここ」

千鶴と交わるペニスだけでも限界に近いというのに、乳首からも妖しい刺激が迸る。女体から与えられる性感は脳幹をビリビリ痺れさせ、絶頂が目前に迫った。

「御摩羅がもうパンパンですものね。あぁ、その調子、奥を突いて……出したくてたまらないのでしょ……子宮《こつぼ》もお種を欲しがっているの、わかりますか……おぉっ」

あえぎながらも爪先で乳首をはじかれ、微力ながら快楽の深淵にたたき落とされる。

(無理だ。もう、腰を止められない!)

抜き刺しするたびに肉路は幾千もの虫がいるのではないかと疑うほどに起伏を変化させ、絶え間ない刺激をもたらした。刺すときにはやわらかな濡肉が亀頭にからんで迎え、引くときには名残惜しげに張りつきながら離れる。

幾万もの貪欲な触手が生命の飛沫《しぶき》をねだり、うねりを増した。

交合の肉悦に加えて乳首にまで刺激を与えられ、身体中が性感で痺れる。

勃起はキンキンと猛り、コップの表面張力のようにすでに限界を超えていた。

いったん中止して仕切り直す余裕はなく、本能的に射精を求めて腰は止まらない。

「もう……もう……我慢できない……で、出ちゃいそう……」

「おっ、おぉ……わたくし、もうおかしく……おぉぉぉ……」

教室では貞淑な千鶴が淫獣のごとく低く唸った。

同時に膣のうねりは苛烈になり、オスの猛りが奔流となって出口に押しよせる。

(あぁ……イク。このままマ×コの奥に注ぎこみたい……でも!)

甘美な誘惑に抗って肉棒を抜いた。千鶴の顔の真横にしゃがみ、猛然としごく。

肉棒の根元から絶頂の証が駆け抜け、先端からしぶかせる。

ビュッ!

「喰らえ。ううう、大量に出た……好きにしていいって言ったよね……うぅ」

「無礼な。こんなに臭いものを……おぉっ」

艶やかな長い黒髪、太い眉、目尻のほくろ、その美麗な顔を白い粘液で穢した。

水鉄砲のごとき射精で、ローカーストの男がハイカーストの女を貶める。千鶴は怒りで眉間に皺を寄せつつも、絶頂の濁流に意識を呑まれてピクピクと震えていた。

「ラストは当然、アタシでイイんだよネ」

数多《あまた》の男の告白を断った撃墜王ことデイジーが立ちあがった。チアリーディング部でリードと呼ばれる最も目立つポジションをこなす身体は、見るからに運動部並みのスペックを誇り、肉体美をも兼ね備える。胸もとにはフレッシュなリンゴのような乳房が実り、腰は優美な括れを描き、みずみずしいヒップへとつながる。全身からほんのり甘酸っぱい香りが漂い、魅惑のS字ラインは男ならずとも見惚れてしまうだろう。

(やっぱり、かわいいよな。絶世の美少女ってオーラがある)

ややブロンドがかった明るい髪をツインテールに結い、鼻すじはスッと通り、瞼はパッチリとした二重で長い睫毛がカールして青い瞳を飾る。西洋人の特徴を色濃く受け継いだハーフは、美人ぞろいのクラスでも人目を惹く。

だからこそ、クラスの隅っこの存在である若葉には眩《まぶ》しすぎて苦手意識が強い。

「もう、無理だよ。そもそも勅使河原さんならいくらでもイイ男を選べるじゃない」

眉を段違い平行棒のように歪め、少しおどけた顔で見つめ返す。

「今のひとことでいくつもミスをしているわ。まず、すでに終えたタマキとチヅルがイイ男を選べないみたいで失礼。次に、確かにアタシはいくらでも男を選べるけど、このムラムラは今この瞬間に解消したいもので、そんな暇はないの。そして最後に、無理かどうかはあなたが決めることじゃない、アタシが決めることよ」

美少女ぶりにばかり目が向くが、彼女もまたハイカーストの優等生グループを占めるひとりだ。女王様を思わせる格の違いを見せつけられ、正直とまどう。

デイジーは握り拳に親指をたて、湯船を指す。

「理解したらバスタブに入って。チヅルもいるし、ちょうどイイわ。ほら、タマキも入って」

疲労困憊でしゃがみこんだ若葉の手を細身の身体で軽々と引きあげ、環も湯船に連れこんだ。千鶴は湯船で精液を洗い流していた。

壁時計を見ると、次のクラスが来るまで残り十分。

「速攻でイかせてくれればいいわ。セックスショーを二本観たから即ハメで十分よ。それに広いお風呂ってのも開放的でイイじゃない。みんなも手伝ってよ」

デイジーは三人にテキパキと指示を出す。

湯船の縁に環と千鶴が並んで座り、贅沢にもふたりの腿の上に若葉が座らされた。

そして、デイジーは湯船の中で膝をつき、若葉の両足を開く。股の間から小さな芋虫がボロリとこぼれる。

「さっさとエレクトさせてよ。このデイジーさまがこんなことしてあげるんだから」

腰をかがめ、まるまると実った乳房を左右から寄せ、やわらかいペニスを挟む。

（て、て、勅使河原さんのパイズリだ）

チアリーディングのトップを校内の誰もが一度は見ている。つまり、男子のすべてが彼女の裸体を想像し、多くは服の上からでもわかる美乳をオカズにしたはずだ。

（このかわいい顔に完璧な球形のおっぱい、絶対に神様は不平等だよ）

男の枯れた欲望は女の芳醇な肉塊の狭間に消える。陰茎は全方位から乳圧を受け、やわらかくも温かい水風船のような極上の弾力に包まれる。

（最高のおっぱい……でも、大きくならないかも）

確かに、デイジーのパイズリは見ているだけで興奮を誘い、感触も超一級。

だが、三回戦に突入するには刺激が足りない。時間切れの予感が脳裏をかすめる。

「若葉くん、私たちのことを忘れていない？」

「そうですわ。さきほどあれだけ破廉恥なまぐわいをしたというのに」

背後から環と千鶴が囁いた。それも鼓膜に直接語るほどの至近距離でだ。

唇の先が耳たぶをかすめ、吐息に耳穴の縁をくすぐられる。

（そうだ。僕は今、トップスリーといっしょなんだ）

ふたりの腿の上に座っていることを改めて意識した。

右側の環は背後から若葉の右乳首に指をかぶせ、乳輪の上で円を描く。

「ほら。触られたいんでしょ、乳首。硬くなっているのがわかるわ」

左側の千鶴は逆に乳首をピンポイントに狙い、爪先で軽くかく。

「もう、コリコリになっているではありませんか。こちらの反応はお早いのね」

性感をあと押しするくすぐったさに理性を弄ばれ、若葉の吐息が荒くなる。

しかも、ふたりの乳房が背中を押し、見えなくても存在をアピールした。環の乳房はふっくらまろやかで、千鶴の乳房は超弩級サイズ。さらに乳頭のしこりが背中に触れ、むずむずする。

そして極めつけは、眼下でパイズリするデイジーの反撥力満載の美乳。学校を代表する美少女のおっぱい三重奏《トリオ》に挑まれ、いやでも男子の血潮が騒ぎ出す。

「三発目もやる気十分じゃない。ま、ちょっと時間がかかったのは減点だけど」

左右から乳房を押す力をゆるめると、乳谷を内側から切り裂いて曲刀がはじけ出た。

愛撫がはじまる前の弱々しさは微塵もなく、猛々しく咆哮をあげる。

「素直で従順な子は好きよ、若葉くん」

背後の環が犬を褒めるかのように余裕たっぷりに囁いた。

「せっかくだから、アタシ、お湯の中でエッチしたい」

「共用浴場の中は雑菌が多いから勧めないわ」

環に指摘され、デイジーは唇をとがらせた。そんな表情まで愛嬌がある。

「じゃあ、ワカバはそこに寝てよ」

指をさした先は湯船の縁。家庭用のバスタブと違って幅は十分だ。

断れる雰囲気はなく、寝転がる。

「いやそうなわりにビンビン。万年発情期って感じですね」

千鶴が言う。

「素直で従順でしかもタフ。これは鍛えがいがあるわ」

環がはりきる。

「自分で動くほうが好きなの。下手な男に抱かれても、おもしろくないもの」

三人の美少女に見下ろされ、自らの立場を認識し直す。環と千鶴を相手に一矢報いたつもりだったが、最終的に若葉を従わせることのできる切札は環に握られている。

それ以上のなにかがない限り、立場が変わることは絶対にない。

「なに難しい顔してるのよ。あなたが考えるべきことはたったひとつ、アタシをエクスタシーに導くことだけ……ンッ」

ペニスを垂直にたて、デイジーが腰を下ろしてきた。彼女自身が認めていたように、すでに十分潤っているのか、つっぱる感じもなく、とがったものが埋もれてゆく。

「あぁ……温かい……チ×ポが包まれる……」

トロトロにほぐれた粘膜が隙間なくペニスにからみつき、表面を撫でさすられた。やさしく穏やかな感触は心を穏やかにする一方で、男の本能を熱くする。

「ほら、見える？ンハッ……もうすぐドッキング完了よ」

棒状に硬化した男根は上から呑みこまれ、美臀が距離を縮めた。堂々と見せつける恥毛は短く刈られているものの、間違いなくブロンドだ。逆三角形の恥毛地帯が徐々に下がり、ついにはプリッと弾む尻肉が若葉の腿に密着する。

デイジーは眉間に皺を寄せて顔を歪め、かろうじて片目を開ける。

「クゥ……これ、ストレンジな形だから、よくわからないところを当たる……それにナカを押しひろげようとするプレッシャーがすごい……」

「若葉さんは見た目以上のますらおですから」

と、すでに一戦終えた千鶴は評価した。

「あとはアタシにフィットするかどうかだな。ン……ンッ……」

鼻息を漏らしながら、腰を揺らし出した。互いの肌を離さぬように尻を落としたまま、右に左に前にうしろにくねらせる。若葉と密着したヒップやふとももは温かく弾力に富む。身体を揺らすたびに汗や湯滴が流れ、美しい肉体を輝かせる。

「アンッ。これがウタマロってヤツか。タマキとチヅルが負けたのもわかるよ」

薄い腹は華奢に見えながらもしっかりと上半身を支え、少し縦長な臍の穴が若葉を励ますかのごとく躍った。彼女の肉体は女性ならではの美しさと鍛えられた美しさを備え、まさしく神に選ばれたかのようだ。

（ヤベぇ……これ、見惚れちゃうよ……）

ふたつの乳房は身体を揺らすたびに、プルンプルンと小気味よく弾む。果物のように実って匂いたち、ツンと上向きの乳首が上下に揺れるさまは催眠術でもかけるかのように男の目を離させない。数多の男子生徒に視姦された美乳が、手を伸ばせば届くところにある。

「おぉ、やっぱりすごい。プリプリだ」

気づけば両手を伸ばし、下からすくいあげた。指が押し返されるほどの質感は極上そのもの。人さし指で先端のとがりを軽くかくと、デイジーは眉をピクッと揺らす。

「イイじゃん。気遣いできるオトコはモテるよ……じゃあ、そろそろ本気出すよ」

本気って、どういう意味？

そうたずねるより先に「あっ、あぁっ」とあえがされた。

乳房は激しく縦に跳ね、ピンク色の乳輪が上へ下へと往復して残像を作る。

デイジーは本格的なピストンにシフトした。大浴場の湯船の縁に若葉を寝かせ、馬乗りになって身体を弾ませる。足をしっかり床につけ、膝を使って身体を浮かす。

「これ、これ。この角度よ。ちょっと角度を変えると圧迫感がハンパないわ」

よく見ると彼女はただ上下に動くのではなく、いちばん深くまで勃起を咥えこんだ際に、腰をクイッとしゃくって自ら膣中を抉った。全身をしなやかに揺らすのに合わせ、蜜壺は一瞬で空気が抜けたかのように窄まり、快感をせりあげる。

「あらあら、デイジーのあそこが気持ちよいのですね。妬《や》けてしまいますわ」

千鶴がうらやましがる。

「ねぇ、若葉くん、デイジーのあだ名を聞いたことある？」

環がたずねてきた。

その当人と性交をしながら答えてよいものか迷ってしまう。

「それって……撃墜王のこと？」

「そう。これまでフリまくったから撃墜王。でも、それだけじゃないのよ」

「ちょっと、タマキ、ヒトが集中しているとき、よけいなこと言わないで。アァッ」

よほど若葉のフックがヒットするのか、身体を弾ませてペニスに夢中だ。

そして、環はそれを見てわずかに微笑む。

「あら、さっきのお返しだから気にしないで。それでね、中にはお眼鏡に適った男性もいて、さらに運よくベッドをともにした男性もいたわけ。私が知る限り、プロのサッカー選手とか弁護士とか、とても優秀な方よ。でも、デイジーを満足させるどころか、早々にイカされちゃうらしいの。それで裏のあだ名も撃墜王」

「ベラベラしゃべらないでよね……でも、スポーツマンは突くだけ、インテリは技巧だけ。まさかフィットするディックがこんなにエクセレントで、しかもクラスに埋もれているとは思わなかった。それを知っただけでも、修学旅行に来てよかったわ」

美しさと機能性を備えた女体には無尽蔵のダイナモまでも搭載されているのか、上下のピストン運動に加えて腰のしゃくりあげは、まったく休む様子がない。久美の重量級ピストンとも違い、踊るようになめらかな腰遣いは男の興奮を淫らに鼓舞する。

「アァ……イ、イイよ……ディルドーでも届かないトコにまで伸びてくる……」

デイジーは若葉の手を引き、自らの手を重ねて乳房をギュッと揉んだ。まるい乳肌はふたりの指の隙間から形を歪めてハミ出す。若葉の手が軋むほどなので、けっこう力任せだ。額には徐々に汗粒が浮き、顎の先からポタポタと滴り落ちた。激しい運動に加えて強い発情で発汗を抑えられないのだろう。

「アタシがイクまで撃墜されるなよ。もうちょっとだから……アゥウッ」

気性の荒い馬を乗りこなすロデオのように、激しく腰を弾ませた。狭い膣はますますペニスに密着し、高速の上下運動とスライドの刺激を与えてくる。

「このペニス、キクゥ……頭がビリビリ痺れてきた……アァ」

一方、乗られた若葉は荒馬どころかジッと身をすくめていた。すでに二度放出していても下手に腰を突きあげようものなら一瞬で自滅してしまう。デイジーは自らの快楽を求めていたので、下手に手出ししないほうが長持ちしそうだ。

(でも、このままじゃ時間の問題だ)

デイジーのラストスパートに合わせ、最後の反撃に転じた。

左手で乳首を摘まみ、乳頭から母乳を出すつもりでギュッギュッと押しつぶす。

さらに右手は淫裂から漏れた蜜液をすくい、上下に動く股座へと向ける。女陰の舳《へ》先《さき》でルビーのように赤々と燃えるクリトリスを指先でやさしく転がす。

「アァァ、イイわ……そういう刺激がちょうど欲しかったの……あと三十秒でイイから我慢して。絶対よ。ンッ、ハッ、アァ」

瞼をきつく閉じて細い顎をあげ、貪欲に悦楽を求めた。膝と大腿筋を使って身体を波打たせ、絶頂への坂道をひた走る。肌を伝う汗粒が全身を輝かせ、美を体現する。

(十五……十六……ヤバいかも……)

摩擦が激しさを増すのに加え、膣中は真空になったかのようにペニスを吸いあげた。気をゆるめれば、若葉の腰ごと持っていかれそうなほどの吸引をはじめる。

ツインテールを上へ下へと揺らし、デイジーは女王のごとき慈悲の言葉を下す。

「イッて。早く、熱いの、出して……カ、カムカム、カッ、カミン……ッ」

その言葉に合わせて、長く待った噴火のような射精がはじまった。

睾丸で煮えたぎった欲望が我先にと勃起をさかのぼり、ナンバーワン美少女のナマ膣を求めて爆発する。

女王は尻をグッと押しつけて、幾億もの愚かな争いを迎えた。

「アァ、熱い……これが本当のセックスなのね……」

目もとを潤ませ、恍惚とした表情で彼女は立ちあがった。

まだ射精の最中で大量の精液を噴きこぼし、自身の腹の上にひろがる。

デイジーは若葉を跨いだまま迫り、小さな亀裂からは放出したての粘液が糸を引いて流れ落ちた。そして、よく見ると、彼女の右手の中指が亀裂の上端を小刻みに摩擦し、指の先だけで高速タップする。

「はじめてついでにエロス全開なアタシを見せてあげる……こんなの誰にも見せたことなかったんだけど……我慢できなくなっちゃった……アッ」

小さく悲鳴をあげると同時に、女陰から水飛沫を放射状に迸らせた。

無色の飛沫は宙でダイヤモンドダストのごとく輝き、若葉に降り注ぐ。

(これはなんだ……し、潮だ。潮噴きだ！)

美の女王が快楽の褒美に聖水を与えたのだ。デイジーは大股開きで女陰をいじって体液をしぶかせる。卑猥で下品ながら見惚れるほどのエクスタシーを表現した。

「アッ、まさか自分でも……ンンッ……こんな気分になるとは思ってなかったわ……アァ……ヘンな形だったけど最高だった」

アクメの爆発であえぎながら腰をヒクつかせて、二度、三度と潮をしぶかせた。

やがて、ヴァギナからは白い粘液が糸を引き、若葉の腹の上にこぼれる。

「ちょっと、デイジー、そんなことまでして……ひょっとして、今のマーキングじゃない」

環が慌てぎみに割りこんだ。

「マーキング……そうかもね。ワカバはアタシのもの。恋人は絶対にイヤだけど」

「環さん、わたくしも……その少しムズムズして……その催しそうなの……」

千鶴が恥ずかしそうに立ちあがると、環も立ちあがる。

「あら、千鶴も？　私もよ。じゃあ、シちゃおっか。ちょっと、はしたないけど」

湯船の縁に寝る若葉を挟んで洗い場側に環が立ち、湯船の中に千鶴が立った。しかも顔のすぐ横とあって、ローアングルから見あげる胸のふくらみはかなりの絶景だ。

「な、なに、なにをする気なの」

男なら一度は見てみたいと願望を抱いていた光景だが、いざその場面を迎えると集中できなかった。なぜなら、ふたりとも若葉の頭の上に足をつき、ガニ股ぎみに女陰を見せつけたからだ。千鶴の陰毛は濡れてもなお黒々と繁茂する。そして、環の恥毛は濡れて下腹に張りつき、襞を捲ってサーモンピンクの肉を見せつけた。

「なにって決まっているじゃない、デイジーに負けられないもの。マーキングよ」

「んっ……こんな破廉恥な……ごめんなさい……あぁ」

千鶴が色っぽいため息を漏らすと同時に、ふたりの女陰からダムが放水をはじめたかのように水流が迸った。二筋の奔流は金色にきらめき、胸板や顔に降り注ぐ。

「うわっ。なんだ、これ……うぷっ」

臭覚を麻痺させるほど強烈な臭いが鼻を衝く。酸味のある匂いは嗅いだことがある。尿だ。デイジーに潮をかけられたあとは、環と千鶴に小便をかけられた。

「若葉くん、オチ×チン、ピクピクさせちゃって」

「ひょっとして、こういうのがお好きなのかしら……」

ジョロロロ！

激しい水音が耳にこだまし、顔面に襲いかかる。

（見たい。嗅ぎたい。聞きたい。触りたい。飲みたい！）

美少女のダブル放尿に直面し、暴力的なまでの欲求がこみあげた。

だが不意打ち同然の放尿だったので、無防備だった口や鼻に入る。

欲求とは別に本能が危機を回避しようとした。顔を反らし、身体を捻じる。

湯船の縁に寝ていたことを忘れ、バランスを崩して落下した。視界は歪み、口や鼻からなにかが侵入する。まったく呼吸できず、身体を起こすと湯船の中にいた。

すでに放尿を終え、三人は洗い場に立ってこちらを見下ろす。

中央の環が告げた。

「儀式は終了よ。あなたの処遇は決めかねているけど、まずはお片づけなさい」

第五章　女教師たちの個人レッスン

1

――作戦忘れてマジ、ゴメン。センセーにバレなかった？　ワタシのナマ着替えで許して！

女バスの加純からメールが届いた。

――みんなも心配しているわ。お夕飯を残しておいたから。

こちらは、委員長モードの環からのメッセージだ。

――食堂にいなかったけど、食欲ないのかな。お菓子ならあるから言ってね。あと、オッパイなら六つあるよ。

漫研所属でふっくら巨乳の祥子からもメッセージが届いている。

――チ×ポ、貸してくんない？　愛美たちも誘うよ。

これはストレートな白ギャル郁子からのものだ。

ほかの女子からもメッセージは届いていた。一学期に女子から届いたメッセージがゼロだったことと比べれば、信じがたい成果だ。しかも、性的なニュアンスを含むのもあってウキウキする――ほんの二時間前ならそう思っただろう。

（いやだ。もう、絶対にいやだ！）

若葉は薄い毛布の下で隠れるように背中を曲げて身を縮めた。寒くもないのに歯が小刻みに震え、カチカチ鳴る。

修学旅行の三日目、最後の夜。ふつうなら盛りあがるのだろうが、テンションはどん底だった。

夕方、優等生グループ三人と不純な交遊を強いられた。だが、次のクラスの男子が来るまで残り数分といったタイミングで、環から片づけを命じられた。

つまり、痴態の痕跡を消せということだ。三度射精して疲労感は半端なかったが、無理やりに身体を動かした。

尿臭は石鹼をまき散らしてごまかせたが、問題は湯船に漂う精液だ。クラゲの破片のようで目立たぬものの、男子なら気づく可能性がある。

時間いっぱいまで大汗かきながら湯をかき出し、そして急いで逃げた。

風呂の時間が終わったので、たぶん峠は越した。その点は安心できたものの、心身ともに疲弊し、そしてなにより脅迫写真の問題は解決の見通しが立たない。

こうして半ばあきらめ、半ば自棄になり、外との接触を断った。食欲もない。

（今日はもう寝よう）

扉の鍵はすでに閉めていて、スマホの通知をオフにした。

思えばこの修学旅行は夢のようなひとときであり、同時に脅迫材料を握られる悪夢でもあった。この先は拷問のような学校生活が待つと思うと、なにもかも忘れたい。

ドンドン！

部屋の扉が乱暴にたたかれる。まるで強盗だ。

「若葉、さっきは、すまなかった。土下座するから許して！」

女性ながらどことなく男子っぽい潔さを見せるのは女バスの加純だ。

「もし誰かにバレたなら、ワタシもいっしょに謝る。いるなら開けてよ！」

ふたたび、扉を連打された。彼女との友情を維持するためにも会うべきだ。

どうにか布団から抜け出て扉の前に立つ。鍵に触れた瞬間、外の雰囲気が変わる。

「こんなところで会うなんて奇遇ね。なにしに来たのよ」

加純の関心が若葉ではなく、別の人物に向いた。それも強烈な敵意だ。

一方、加純が不快感をあらわにした相手も負けていない。

「決まっているでしょ。お夕食を届けに来たのよ」

強気な姿勢はクラス委員長の環だった。

ふたりは不仲らしく、若葉の思いとは無関係にヒートアップする。

「じゃあ、寄こしなさいよ。ワタシがわたすから」

「なんで河西さんに頼まないといけないのよ。意味がわからないわ」

「決まってるでしょ。アイツとは親友なんだから」

「あら、そう。私は彼の飼主よ。ご飯は当然、飼主が与えないと」

「はぁ、なに言ってるの。それならアイツに聞いて、白黒つけよう」

「ええ。望むところよ」

ドンドンドンドン！

扉をたたく拳は倍になり、扉はいっそう悲鳴をあげる。

「加純よ、開けてちょうだい！」

「お腹、すいたでしょ。お夕飯、持ってきたわ」

(もう、いやだ。帰れ。放っておいてくれ!)

今にも破壊されそうな勢いで扉が軋んだ。

(誰か、僕を助けてくれ!)

これまで無関係と思っていた女子たちと修学旅行で親密になり、そして今や彼女らは恐怖の対象へと変貌した。秘密の写真を撮られただけではなく、気づけばクラスメイトの女子全員と関係していた。バレようものなら、即刻、打首獄門コースだ。

軽はずみな行為を猛省したところで、助けてくれる人は誰もいない。まさしく神へ祈るかのように救いを求めた。

突如、扉をたたく音がやみ、ふたりの叫び声も消えた。そのかわり、心地よいソプラノボイスが天使の祝福のごとく木魂する。

「若葉くん、起きているなら開けて。ふたりは先生が追い払ったから安心して」

癒しの女神が絶望に救いをもたらした。

声に引き寄せられるように扉を開けた。担任だけが立っている。

「お夕食に来なかったでしょ。心配したのよ。ちょっと中に入れてちょうだい」

環が持っていたものと思しきお盆を持ちながら、奈津紀が部屋の中に入る。

純白のブラウスに青いロングスカートと女性らしく洒落ていた。ブラウスは丸襟で前立てにそってフリルがつき、半袖の袖口はまるくランタン状にふくらむ。前髪は眉にかかる程度、うしろは肩胛骨を過ぎたあたりできれいに切りそろえられている。男子生徒の「恋人にしたい先生」のアンケートではブッチギリの一位だ。

「河西さんと玉城さんがすごい剣幕で立っていたわ」

部屋を独占しているので、座卓を部屋の中央に置いたまま壁ぎわに布団を敷いていた。毛布が乱れているのが情けないが、奈津紀は気にも留めず座卓に夕食を置く。

「いったい、なにがあったの。もし困っているなら、先生が力になるから教えて」

若葉の苦悩を伝えるためには性体験に触れることが不可避だ。

自分の性を教える羞恥、それにクラスメイトの性を語る罪悪感があった。

だが、女神に許しを請うべく、反省をこめてすべてを語りはじめた。

うつむいたまま、言葉拙くも、どのような出来事があったか、そして脅迫写真について伝える。

「そんなことが……先生を信じてくれてありがとう。私が彼女と話してみます」

そのひとことに安堵し、やっと顔をあげることができた。

若葉を見た奈津紀は、やや垂れたやわらかい瞳をたわめる。目尻を下げたやさしい眼差しは、傷ついた心を蘇らせる。胸の内で淀んでいた苦悩を溶かす女神の微笑みだ。

「あぁ。先生、ありがとうございます！」

信仰にも似た無条件の安堵を抱き、深く頭を下げた。そして頭をあげて奈津紀の表情を見たとき、違和感を覚える。

やさしい雰囲気はいつもと変わらないものの、瞳はしっとり濡れ、どこか不穏な輝きを帯びていた。

「困った生徒を助けるのは当然よ。かわりに先生の不満も少し聞いてくれるかしら」

2

(どうなっているんだ、これ)

奈津紀が突然電話をかけると、すぐに意外な人物がやってきた。

「どうしたの、奈津紀ちゃん。さっきまで会社のヘルプに出て、グッタリしているのよ。いくらなんでも、これから残業はシンドイわ」

ひとりは西村仁奈、バスガイドだ。年齢はおそらく三十前半。長い睫毛で縁取られたアーモンド形の瞳、顎の下の小さなほくろ、それに長い髪はソバージュと、大人の美を猛アピールする。鮮やかな桃色のスカートが腰にピッタリ張りつき、魅惑のラインを浮き彫りにする。そこから頼もしさを覚えるほど肉厚なふとももが伸びていた。濃いストッキングに包まれ、無数の網目が織りなすグラデーションが男の目を奪う。

「そうそう。いくら先輩の頼みでも、面倒はゴメンよ」

そして、もうひとり。落ち着いたメゾソプラノは男性的で、見た目も男性っぽい。白いブラウスにスーツのズボン、そして黒い鍔つき帽をかぶり、白い手袋をはめている。バスの運転手だ。それに背も高く、うしろ姿だけなら男性に見える。

（運転手は女性だったんだ。うしろ姿しか見ていないから、知らなかった）

襟足の短いショートカットに加えて、切れ長の目は中性的で顔立ちはかなりの美人。

「三人は知り合いなんですか」

「そうよ。音穏《ねおん》ちゃんは高校の後輩、つまり若葉くんの先輩。仁奈さんは学生時代の先輩よ。ふたりが同じ会社にいるだけでも驚きなのに、ましてふたりから修学旅行に来るって連絡を受けたときは心臓が止まるかと思ったわ」

「でも、それはそうと、なんだってここに……」

旅館の部屋は若葉ひとりが使うぶんには広く思えたが、そこに大人三人が加わると手狭に思えた。手狭なのは単純な容積というより、臭気の密度となって表れる。

美形男性っぽい音穏からはシトラスのスッキリした香り、奈津紀からは甘い花蜜のような香り、そして仁奈からは男の気をそぞろにするムスクの香りが漂う。

それらはおのおののフェロモンとなって、この部屋で唯一の男性に向けられる。

「あなたのトラブルは先生が上手く調整してあげる。そのかわり、私たちにも少しだけ協力してほしいの。先生たちは大人だというだけでずっと我慢しているのよ。それなのに、生徒が好き勝手にエッチするのは不公平だと思わない？」

癒しの女神は愛欲の女神に豹変した。

ぼんやり立っていたところに、音穏が背後に立つ。

「そういうことか。悪いわね、後輩。先輩は昔から暴走すると、止められないの」

長い腕をスルッと若葉の腋に通して羽交い締めした。突然のことに「えっ、なに？」と困惑する間にも、今度は奈津紀が若葉の足もとに膝をつき、スウェットを下着ごと一気に下ろす。先輩後輩の連携になすすべもなく下半身をまる裸にされた。

「まぁ、これが女子を夢中にさせたオチ×チンなのね。かわいい！」

奈津紀は両手を合わせて驚いた。ただ、若葉のものは萎縮している。

「小さいけど、実績は十分なのでしょ。先生は信じているわ。パクッ……」

問答無用でやわらかなものを口に含んだ。形のよい唇をキュッと窄めたまま、肉茎の下に舌を当てながら、首を小さく振り出す。機関車が動き出すように、ゆっくり規則正しく反復運動をくり返す。癒しの女神がイヤらしい刺激をもたらした。

（せ、せ、先生が僕にフェラチオ！）

驚愕のあまりに声も出せずに魅入っていると、仁奈が奈津紀の横に立つ。

「ごめんね、若葉クン……だっけ？　この子、たまにだけど、ものすごい気分屋なのよ。確か修学旅行で一夜の恋に落ちたなんてこともあったらしいわ」

肉厚な唇には濃いめの口紅が塗られ、成熟した女性の色香がムッと立ちのぼる。今さっきまで仕事だったということで、手には夏用の、メッシュの白手袋をはめていた。

「わたしも奈津紀ちゃんといっしょに大人の恋を教えてあげる。チュッ……チュッ」

彼女は若葉のTシャツを捲り、胸もとに顔を寄せた。ふっくらした唇をわずかに突き出して軽やかについばむ。ふにゅふにゅと触れるたびに、薄紫の乳輪には口紅がうっすら付着し、薔薇に似た模様を作る。さらに、空いた手で反対側の乳輪を撫でた。ナイロンの硬い繊維で軽やかに触れる。先生の先輩も、また巧みな連携を見せた。

「ガイドさんまで……あぁ……これ、ヤバい。エッチなんてしたくないのに……」

女子はコリゴリだ、確かにそう思っていた。それに今日はもう三発出している。

音穏の羽交い締めは背後から乳房で押され、いやでも女体のやわらかさを伝える。

仁奈の乳首舐めは大人のオンナらしく巧み。はじめは唇でそっと触れたかと思いきや舌先を小刻みに蠢かし、さらには前歯でやさしくかく。多彩な口撃で微弱ながらも新鮮な刺激がとぎれず、これだけで天国までガイドされそうだ。

そして、奈津紀は髪を前後に揺らしながら、スローテンポで大きくスライドする。校内で見かける淑やかな雰囲気と違い、おいしいと言わんばかりに男性器をしゃぶる。フルートの演奏者のためか、息継ぎがなくノンストップで首を振りたてる。

(まさか、先生がこんなにエロいなんて……)

完全に裏切られた気分だが、肉体は刺激を受けて発情に拍車がかかる。ムラムラした気持ちはオスの象徴である男根に集中し、海綿体に血が流れこむ。

真珠色のリップに彩られた奈津紀の唇を押しひろげ、口角は唾液に濡れた。

奈津紀は首ふりをやめ、ゆっくり離れる。担任の唇に埋もれた曲刀が徐々に姿を見せ、亀頭が抜ける際にはひときわ強く吸いついたため、口唇が離れると同時に、ギュポンと吸引音を響かせた。雄々しくそそり立つ怒張をうっとり見つめる。

「すごい膨張率よ……若葉くん、成績はよくないけど、やればデキる子って信じていたわ」

「これはまさしく一昨日に見たシャチホコね。反り方が、ふつうじゃないもの……」

「仁奈さん、ガン見しすぎで、しゃちほこばってますよ。しかも、涎まで垂らして」

「あら、ごめんなさい。このところ老人会とかのお仕事ばかりで、若い子はごぶさただったんだもの。奈津紀ちゃん、最後の準備、私にやらしてくれないかしら」

奈津紀が退き、仁奈が正面に座った。改めて彼女を眺めると、じつに女らしい。

(美人なのに、おっぱいもお尻も大きいなんて……熟れた女って感じだ)

人に見られる職のせいか、美しさや女らしさに隙がない。

「それじゃ、若葉クン、行くわよ。わたし、発声で舌を使う練習しているから、サクランボの茎を結ぶことができるくらい舌が器用なのよ」

肉厚な唇から赤々とした舌を伸ばした。見るからに蛇の舌みたいに長く、それを器用に波打たせる。上向きにそそり立つ大樹を水平に倒し、舌先を寄せた。クチュッと小さな音とともに舌先を包皮の隙間に捻じこむ。

味蕾のある極小のザラザラした部分が過敏な亀頭に擦れると、ゾクゾクとした震えが首すじを伝いあがり、甘い刺激が理性を蝕む。

「あぁ、す、スゲぇ上手い。うぅぅ……」

舌先を包皮の下で亀頭にそって回転させ、唾液をとろとろと注いで湿らせる。舌先はプロペラのようにまわり、薄皮を徐々に後退させた。快いあまりにまったく痛みを感じることなく薄皮が捲れ、赤黒い亀頭が飛び出る。

プロペラ旋回は速度を落とし、雁首の段差に舌先を捻じこみ、ゆっくりと一周する。

「あぁん。すぅはぁ……酸っぱくて男の子って感じの匂いがするわね……すぅはぁ……洗っていないでしょ、これ」

剝けた亀頭に鼻頭を寄せて、何度も匂いを嗅ぐ。かすかな吐息がくすぐったい。

仁奈のような美人に匂いを嗅がれることに、どこか優越感を覚える。

彼女の醸す熟した女のエロスに夢中になっていると、奈津紀が若葉の腕を引く。

「早く先生とエッチしましょう。なんでも言うこと、聞いてあげるから」

「な、なんでも!?」

と、思わず聞き返すと、奈津紀は少し頰を赤くしてうなずいた。

「先生とイロイロしたいけど、ぜんぶ、できないんで……できれば、布団でしたいです……できれば、キスしながらとか……できれば、服とか着たままで」

「要望が多いわりに、意外とノーマルね。こうかしら」

奈津紀は布団に腰を下ろし、両手で髪を頭上にまとめあげて寝転がった。

ロングスカートを穿いたまま、膝をたてる。膝頭まですっかり隠し、セクシーさは薄い一方で、見た目はいつもの女教師らしさを残している。

（とんとん拍子でエッチ直前まで来たけど、先生のイメージが崩れたな……）

わずかなわだかまりに苛まれていると、奈津紀が「若葉くん」と呼びかけてきた。

いつもと同じやさしく慈愛にあふれた女神の微笑みを浮かべる。

「先生のことを貞淑だと思っていたらごめんなさい。大人だってあなたと同じで不安定。修学旅行という特殊な時間が、先生を高揚させるの。だから、こう思いましょう。今は夢、学校に戻るまでの、魔法の時間」

裏切られたと思う反面、人間味は増した。

(よく考えろ。先生とエッチできるチャンスを逃したら、絶対に後悔する)

残念ながら自分がモテないことはわかっている。修学旅行という特別なイベントで唯一の男子という奇跡的な状況が、夢のような体験をもたらしてくれたのだろう。

次に会うときはみんなコロッと忘れているかもしれない。

ただ、夢と違って、若葉はずっと覚えているだろうし、続く現実もある。

「でも、画像の件は絶対にお願いします。委員長から取り返してください」

「約束する。若葉くんが困るようにはしない」

「あと……ひょっとして、先生がここに来たのは、心配してくれたんじゃなくって——」

奈津紀は人さし指を若葉の唇に当てて言葉を封じ、いたずら猫のような笑みを浮かべる。

「魔法を愉しむのとなにもないのと、どちらをお望みかしら。よけいなことは考えないで、こっちにいらっしゃい」

スカートの裾を摘まみ、膝頭をのぞかせた。日焼けとは縁遠い肌は青い血管がうっすらと透けるほどに純白で、雪原のようにきらめく。そして裾をあげたことで、腿から先は暗い影に覆われていた。そのさらに奥の暗闇が、オスの本能に訴えかける。

迷うまでもなく本能に導かれるままに膝をつき、スカートの中に頭からつっこむ。

「ひゃん。さすがに、教え子にこういうの……ちょっと、恥ずかしい」

少し冷たいふとももに頰を押し当て、スカートの洞窟を探検した。女子のスカート捲りをしたときに似た童心に帰りつつ、清楚な先生の秘密を暴く。

「先生のふとももはツルツルで最高の肌触りだ。素敵な足に挟まれて幸せです」

両腿を腕でかかえ、その狭間に頰を当てて滑りおりた。しっとりした肌の質感を顔で感じながら、うっとりとした気分で暗がりの奥を目指す。

スカートの生地は薄いため、中は明るく、ショーツの色くらいは察しがつく。

「おぉ、先生のパンティは白だ。清純なお嬢様みたいで似合います」

「そんなこと、言わないで……んッ……息が当たってくすぐったい」

残念ながら女教師は若葉がイメージしていたタイプとは異なったが、むしろ新たな一面を知って鼻息も荒くなる。

(清楚でエロいって、最強の組み合わせじゃないか！)

高さのない逆二等辺三角形のビキニタイプ。レース編みで、ところどころ素肌が透け、上品でアダルトな雰囲気がある。一方、クロッチの部分はしっかり覆われていた。

指をかけてわきにズラすと、酔うほどに甘い体臭が熱気とともに立ちのぼる。

(これが先生のオマ×コなんだ。あぁ、クラクラしそう)

さすがに暗がりではよく見えず、今この瞬間はスカートを捲りあげなかったことを後悔した。だが、今はそれよりも先にやりたいことがある。

蜜液のたっぷりにじんだ亀裂に問答無用で唇を押し当てた。

「れろれろっ……先生のマン汁って甘い。それに濃厚な味わい……じゅるっ……」

「あぁ……ダメ、ダメ。すすらないでぇ……先生、久々で……あっ」

果肉に舌を這わせると、いくらでも果汁があふれ、唇をベトベトに濡らした。

女神の亀裂から染み出すネクターは至高の味わいで、これほど旨いものを飲んだことはない。飲み下すと食道を這うようにゆっくり流れ、臓腑で自分の一部となる。

胃のあたりがほのかに熱を帯び、腰から伸びた男根が跳ねて臍に触れた。

「やっぱりコレ、なかなかよ。大きさもさることながら、形がすごくエッチ」

仁奈が指摘する。

「フランクフルトみたいにふくらませて……あっ、すごく熱い」

「ちょっと勝手に触らないでよ、音穏。彼は私のモノなんだから……あぁ」

奈津紀はソプラノボイスであえいだ。膝をたてたまま、モジモジ腰をくねらせる。

若葉は左手でクロッチをわきに除けながら、右手で入口の下部をくすぐる。舌は亀裂から蜜をすくいあげ、その上に実った女神の中の女神ともいうべき肉芽を転がす。

「これ、やっぱりヤバい……先っぽは、スパナみたい」

音穏は若葉の横からのぞきこみながら、ペニスの幹を摘まんで前後にスライドした。ピストンされるたびに、興奮が圧力となって睾丸に集まる。

ほんの軽い手コキにもかかわらず、手袋のせいか、あるいは四つん這いのせいか、新鮮な刺激でギチギチと硬化した。

「奈津紀ちゃんの生徒って、イヤらしいのね。頭隠して尻隠さずで、一生懸命にクンニしちゃって……若い子のヒップって久々に見るから、フレッシュでおいしそう」

ナイロンメッシュの手袋が、若葉の臀部に触れた。ザラザラした硬い繊維ながら力を抜いたフェザータッチが心地よい。

尻たぶの外側で円を描いたあと、臀裂を左右に裂く。

「お尻の穴、円山公園《まるやまこうえん》のしだれ桜みたいでキレイよ」

ナイロンの指先が尻穴に侵入し、窪みにできた襞を化学繊維でやさしくかく。

「ちょ、ちょっと、ガイドさん、それは！」

「こんなものじゃないわ。今日だけのスペシャルサービスよ。くちゅっ……」

指どころか舌をさしこんできた。舌先を硬くとがらせ、器用に波打たせながら、わずかな隙間に潜りこもうとする。濡音を響かせ、小さな肉穴から唾液が沁みこむ。

「あ、あぁ……く、くすぐったくて、気持ちイイ……」

先生の甘酸っぱい体臭を胸いっぱいに吸いこみながら、ペニスを軽やかにさすられ、アヌスを舐められる——考えもよらなかったイヤらしい状況に興奮が募る。

睾丸にむず痒いものが蓄積し、このまま身を委ねたいくらいだ。

「ちょっと待って。そんなに責められたら、イッちゃうよ」

危機感のあまりスカートの洞窟から顔を出すと、仁奈が年上の余裕を見せる。

「あら、出してもよかったのに。お漏らししたら、ちゃんとケアしてあげるわ」

一方、奈津紀は額に手を当て、胸を大きく上下させながら首を横に振る。

「ダメよ。あなたの一番元気なのが、先生、欲しいの」

彼女は両足を浮かせ、ショーツを下ろした。きちんと脱ぐのはもどかしいのか、片足に引っかけたまま。脱ぎかけの下着さえもアンクレットのように美麗な足を飾る。そして、ロングスカートを捲り、膝裏を自らかかえて尻を浮かせた。

「ねぇ、もういいでしょ。先生、我慢できないわ」

奈津紀が言っていたように今は修学旅行で、しかも最後の夜。特別な時間だ。

(僕はきっと先生のことを忘れないけど、できれば、僕のことも少しは覚えておいてほしいな。最高の夜を過ごせれば、忘れずにいてくれるかな)

もちろん、答えはわからない。人生の長さに比べれば、瞬きにも等しい時間をいっしょに過ごすだけだが、はかない一瞬をふたりの記憶に刻むべく股座を寄せた。

眼下の女陰は縮れ毛さえも楚々として、うっすらと下腹部を覆う程度だ。その下では女の亀裂が照り輝いて男を誘う。

若葉はTシャツを脱ぎ捨て、男根の先を寄せた。硬化しすぎたせいか、あるいは互いに濡れていたせいか、ツルツル滑ってしまう。そして、焦るとさらにうまくいかない。すると、奈津紀に握られる。

「先生が導くから、そのままで待っていて……」

腕立て伏せをするように彼女に覆いかぶさり、股間を寄せてその美貌に見惚れる。

先端が奈津紀の秘部に軽く触れたが、彼女はモジモジと腰を動かして、互いの距離を調整しようとする。しかし、滑ることをくり返す。

「元気すぎるせいかしら……上手く当たらない……」

奈津紀が苦戦していると、クールな印象の音穏が意外にも声高に声をあげる。

「先輩、せっかくなんで、手伝わせてください」

「音穏ちゃん、ナイスアイデアよ。先輩後輩は助け合わないと」

今度は仁奈が音穏に同調して、両手を合わせた。

それを聞き、奈津紀は顔を赤くして、瞳を忙《せわ》しなく動かす。

「ちょ、ちょっと待って。そんなのいくらなんでも、恥ずかしいからダメよ」

奈津紀は明確に拒絶したものの、仁奈は「あらあら」とおどける。

「だからイイのよ。もっと淫らになりたいのでしょ。もし違うなら、最初からわたしたちを呼び出していないわ。若葉クン、うるさい女性の口を塞ぐのは男性の役割よ」

この状況でキスしない理由はない。

視界の女教師は教室で見る格好と変わらず、いつものやさしい担任を独占する。

身体を伏せて顔を寄せると、彼女の顎も少し上を向く。

(あぁ、先生とキスをしているんだ！)

女神の唇は上質の絹のようになめらかで、触れるだけでうっとりする。

若葉には考える余裕もなかったが、女教師は大人だった。唇が触れるだけのライトな接吻の直後、首をわずかに揺らして唇を押し返し、若葉の唇を簡単に裂いて舌先をさしこんだ。さらに若葉の背中に腕をまわして、ギュッと抱きしめる。

身体が奈津紀と密に触れて意識が彼女一色に染められるなか、ペニスの先から穏やかな熱を感じた。おそらく、手伝ってくれると言ったふたりだ。春のように心安らぐぬかるみに埋もれるにつれ、キスをする女教師の咽喉奥から熱い息が漏れた。

(先生も感じているのかな)

不安とともにゆっくり腰を落とすと、ペニスが女体の洞窟へ潜る。

「んん……あぁ」

眉間に皺を寄せ、苦しそうながら艶っぽい吐息をこぼした。下腹部と同様に互いの唇が密に触れたまま、先生の舌は助けを求めるように若葉の舌をからめとる。

(ここは天国だ……なんか、フワフワする……)

うるわしい担任に五感を占められ、心地よさのあまりに意識が遠退きそうだった。

舌も肉路も波打って心地よく迎えてくれ、至福のひとときに酔いしれる。

動けばいつかは終わりを迎える。その事実に心苦しさを覚えるが、先に進まないことには今以上の未来もない。おそるおそる、腰を往復させる。

舌をからめもつれさせたまま、奈津紀は顎をあげて「アァ」とあえぐ。その一方で、下から若葉の背中をきつく抱き、足で若葉の腰を挟んだ。

(動きにくいけど、先生と密着してすごく幸せだ)

勃起を出し入れするというよりは、挿入したまま少しだけ腰を引いて押し出すことを反復する。そのたびに奈津紀が苦しげに背を反らし、上のほうへと移動する。

唇は解けてしまったが、無防備な顎や咽喉を舐めながら肉棒が抜けぬよう追う。

仁奈は女教師の顔をのぞきこみながら問う。

「奈津紀ちゃん、教え子との禁断の遊びはどうかしら」

すると女教師は目を細め、幼子がイヤイヤするように、左右に首を振る。

「遊びっていうほど生易しくない……これ、凶器よ。ティンパニーのマレットでお腹の中をたたかれているみたい……」

例え方に不安になるが、音穏が声をかけてくれる。

「大丈夫。奈津紀先輩はたぶん本気で感じているから心配いらない」

若葉が安堵の息をこぼしてから、奈津紀は自らの発言を思い出したようだ。

「悪く言うつもりじゃなかったの。あまりに素敵すぎて、頭が――はぁんっ」

腰を押し出すと奈津紀はカナリアのさえずりよりも美しい音色で鳴き、咽喉を反らした。そのくせ両手両足は若葉を抱きしめ、もっと深くと要望する。膣壁のざわめきも内奥へと導くかのようだ。

格好は柔道の押さえこみみたいでスマートではないが、手応えを覚えた。

腕を彼女の腋の下にまわして両肩を押さえて圧しかかり、まさしく押さえこんで逃がすまいとする。

（あぁ、先生の匂いが濃くなった……）

胸のふくらみを胸板で押しつぶすと、襟元から花屋の軒先のような、フローラルな香りが強くなる。顎や咽喉に鼻頭を当てて、奈津紀の体臭を深く吸いこむ。

「先生の香りに肺を支配されているようだ。今の僕は先生に食べられている感じがして、すごく幸せ……オチ×チンだって、まる呑みされているし」

女神への隷属はあまりに甘美だった。なにひとつ疑うことなく身を委ねるうちに安らぎに包まれ、心穏やかになる。

男根は媚肉に癒されると硬化して、一ミリでも奥を目指した。それどころか張り出した雁首が釣針の返しのようになって、ここから去ることを断固拒否する。

奈津紀は顎を下げ、やわらかいな眼差しで見つめ返す。

「もう、ズルいわ。顔とか雰囲気は草食系のくせに、オチ×チンは逆。肉食系まる出しで、先生のこと、ズブリと突き刺してくるんだもの……あっ、あぁん」

腰を力任せに押しつけると、女教師はかわいらしく息を弾ませる。その洞窟は入口こそやさしく受け入れてくれるが、中に進むほど険しく狭隘だった。

（奥のほうが、生と触れ合っている感じがする。でも……）

密着した肉路を亀頭でこじ開けて奥を目指す。過敏な肌を撫でられ、背すじがゾクゾク震えるほどに心地よい。同時に、少しでも気をゆるめようものなら理性が瓦解しそうだ。もっと感じたい、もう感じたくないと矛盾した感情がせめぎ合う。

女教師は細く長い指で若葉の前髪をかきあげ、後頭部をそっと撫でてくれる。

「ひょっとして、恐いの。終わりは新たなはじまりなんだから、恐れないで」

夢のようなひとときは今夜終わる。また味気ない日常がはじまるのだろう。

でも、違うかもしれない。貴重な経験をどう糧にするかは自分次第なのだ。

「先生、ありがとうございます！」

若葉にしては乱暴に担任の唇を塞ぎ、圧しかかった。それだけではなく、指の股を重ねるほど深く手を握る。ほんの少しでも、あこがれと感謝を伝えるべく密着した。

（先生のナカ、だんだん狭くなっていって、すごく気持ちイイ）

膣中は肉輪が幾重にも連なり、奥に進むにつれて小さくなる。それらが不規則に蠢いて、分身を迎えた。蜜液は潤沢にあふれ、陰嚢を愛液が伝うのがわかるほどだ。互いの卑肉は適度な抵抗感がありつつも、すべり心地は抜群である。

そして、唇を重ねた狭間では、舌を口内に押しこんでいた。ツルツルした歯のエナメル質の感触やザラザラした舌の感触を味わい、夢中になるあまりに、唇はふたりの唾液まみれになる。

奈津紀は頬を火照らせ、唇を濡らしながら、生徒のわがままを受け入れる。全身で少しでも先生の感触を記憶に刻もうとした。

「んぁっ……き、キスをしながら、奥をゴリゴリされるの……先生、弱いかも……」

荒い息の合間に漏らした囁きを聞き逃さず、最奥で閉じた肉輪を突く。

先端がへしゃげるほどの反撥を受けながら、幾度もそのわずかな隙間をくぐり抜けようとトライする。そのぶん、何度も肉棒は往復し、極上の擦過に苛まれる。

(あぁ……もう、出そうだ)

性感バロメーターはすでにリミットを振りきり、いつ果ててもおかしくない。

男根は抑えが利かないほどに、甘美な痺れに包まれる。

気をやりかけながらも身体を重ねて、さらなる肉悦を求める。

奈津紀の細い指が、ひときわ強く握り返す。

「せ、先生の奥の扉まで……こじ開けられちゃいそう……んっ、あん……こんなところ……誰も来たことないのに……あぁ」

最後の気力を振り絞り、腰に体重を乗せた。ただひたすらに女肉を貫き、狭い肉輪に潜りこもうとする。もちろん実際に見えるわけではないが、それが確かに存在することを感じ、未踏の地であることを確信した。

若葉同様に、女教師も発汗を抑えられず、ブラウスは濡れ、下着のラインがうっすら浮く。額には黒髪が数本張りつき、芸術家による石膏像のように形のよい唇は、酸素を求めてわずかに開いた。芳しい吐息を感じ、ついに限界を迎える。

「先生、僕を受け止めてください」

ドクン！

身体が大きく脈打つと同時に、思いの丈が睾丸のつけ根から先端に向かってさかのぼった。意識が薄れるほど快美を嚙みしめ、欲望を放出する。

その瞬間、奈津紀も半ば絶叫しながら、下から四肢を巻きつけてしがみつく。

「あぁん。来た……先生の奥の扉が……あぁ」

亀頭は絶頂で硬化し、大量のナチュラルローションを浴びてほんの少しめりこむ。

今まで通れなかった肉輪を内側からこじ開け、先端はギュッと締められる。

「うっ、うぅっ……先っぽが、痺れてバカになる……うっ」

強い刺激のあまりに息を切らしながら、女の内奥にさらなる精を吐き出した。

奈津紀は身体を小刻みに震わせ、半ば力任せにしがみついてくる。

目が合った瞬間、どちらからともなく唇を重ね合う。心癒される感触に反し、雷鳴轟く嵐のように激しい絶頂が何度も背すじを駆け抜け、女神の奥に子種を放つ。

やがて恍惚の極みが薄れ、そのかわりに、快晴の海原を吹く風のような爽快で穏やかな気分に満たされる。

女教師の温かい身体を抱きしめて、静かな眠りに包まれた。

3

「これ、ヤバくないですか」

音穏が抑揚のない声で言う。

「あらあら、本当。生徒とのデキ婚なんて、ドラマみたいで燃えるわ」

仁奈が言う。

「それにしても、なんかムラムラしますね」

「わかるわ。なんて言えばよいのかしら、ふたりの情熱が乗り移ってくるのよね」

ギャラリーのおしゃべりで穏やかな眠りは即座に乱された。

しかも、ふたりは若葉たちの足もとのほうから結合部をのぞきこんでいる。

ふたりの既知である奈津紀は恥ずかしさのあまり、上半身を起こして抗議する。

「よけいなことは心配しな——あんっ」

彼女が身体を動かしたために、ペニスがズルリと抜けた。

若葉も身体を起こして女教師の股座を見ると、桜色の秘肉は摩擦を受けて赤らみ、亀裂からは白い粘液がドロドロとあふれている。泡立った体液は会陰を流れ落ちた。

「先生、直接出してごめんなさい。それにスカートまで汚して……使ってください」

事後で謝りつつ、テーブルの上のティッシュを取って手わたした。

奈津紀は平然とした様子で、ティッシュを股間に当てる。

「大丈夫よ。女の身体は女のほうがよく知っているから。スカートも気にしないで」

「ところで、ふたりともおしゃべりはもういいでしょ。そろそろ、選手交代よ」

淡々と告げる音穏に、奈津紀は口をとがらせる。

「今日は許してよ。せっかくイイ雰囲気だったのに」

「恨むならわたしたちを呼んだご自分を恨みなさい。でも、こんな淫らな夜はなかなかないわよ。だから、声をかけてくれた奈津紀ちゃんの判断に間違いはないわ」

仁奈がバスガイドらしい鉄壁スマイルで不満を封殺し、美声で男心をくすぐる。

「今夜の主役は奈津紀ちゃんではなく、唯一の男性たるあなたです」

「そうそう。それに主役なのは今夜どころか初日からじゃない。高速でみんなが寝ているときに、エッチしていたのが車内カメラに映っていたわ」

運転手に秘密を暴露されたうえ、カメラという単語に思わず眉をひそめてしまう。

「消しておいたから、安心して」

「おとなしそうなのに、ずいぶん大胆ね。それなのに、奈津紀ちゃんとまで」

仁奈が目をまるくすると、事情を知る奈津紀が話に乗ってくる。

「そんなもんじゃないわ。クラスの女子全員とエッチしちゃったんだから」

担任の言葉に、クールそうな音穏までピクと眉毛を動かす。

「全員ってことは河西も？　あのコ、オトコがいた気がするけど」

「ひょっとして、運転手さんは女バスのOG？」

若葉の問いに音穏はうなずき返す。

「ええ。今もたまに世話になっているよ。その関係で、あのコとは面識がある」

若葉の中で腑に落ちた。演劇の男役っぽい印象の数々は加純と共通する。ただ、加純は男勝りの女子なのに対し、音穏はより中性的な雰囲気があった。

音穏は立ちあがり、手袋をポケットに入れたあと、自らのベルトに指をかける。

「今さらひとり相手が増えたところで、たいして気にしないよね」

黒いスラックスを脱ぎ、背を向けて壁のフックに引っかけた。ブラウスの裾にヒップが隠れ、裾からニュッと突き出たふとももは逞しい。筋肉でふくらんだふくらはぎは足首に向かって窄まる。部活中心の高校時代ほどではないのだろうが、社会人になった今も、見るからに高い運動能力がありそうだ。鍛えられた筋肉に女性らしい肉が乗り、美しく俊敏そうなプロポーションを誇る。

(格好いいカラダだな)

ぼんやり見惚れている間にブラウスも脱ぎ、壁にかけた。勤務中ということもあるのかもしれないが、ショーツはよけいな飾りのないダークブルーのローライズで、ブラのかわりに、白いキャミソールふうのシャツを着ていた。

年上の音穏は少し恥ずかしそうに「そこに寝て」と指示する。

今さら抵抗する気にはなれず素直に寝たが、股間のモノはグッタリしている。

(いくらなんでも無理だよ。元気ないもの……いや、たぶん、イケる)

すでに何発も放出しているが、幾度もピンチを乗り越え、今や信頼が芽生えていた。

「僕の顔の上に乗ってくれませんか」

スリムな頰はボッと火を灯したかのように赤くなる。

「か、顔……それは、さすがに……」

「あら、恥ずかしいの。なにごとも経験よ」

仁奈が言う。

「ほらほら、ここは先輩としてどっしり構えなきゃ」

奈津紀もけしかける。

会社と学校の先輩にあと押しされ、音穏は下着を脱ぎ、大臀筋がキュッと締まった臀部をさらす。背を向けて跨ろうとするので、若葉は首を振って返す。

「ま、前向きなんて……そんなのカレシともしたことないのに……」

ますます恥ずかしそうに言いながら、若葉の顔を跨いだ。

膝を曲げるにつれ、閉じぎみだったふとももが開き、その内側が詳らかになる。

恥毛は短く切りそろえられ、女陰は筋目状で可憐だ。その光景がグングンと迫り、やがて近すぎて焦点が合わなくなる。

視界から消えたかわりに、唇の真上にほのかな熱気を感じた。

腹部はシャープに引きしまり、その上には形のよい乳房のふくらみが連なる。その狭間から涼やかな目もとを赤くして、ほぼ垂直に見下ろす。

「こ、これでいいかしら」

「自分からは首を伸ばせないんで、もうちょっと近くに来てください」

「そんな簡単に言わないでよね……こうかな……ンッ」

互いの唇が触れると同時に、音穏は身体を弾ませた。さすがに若葉の顔には体重は乗せてこず、自分の膝で支えている。ちょうどいい具合の距離を保ってくれた。

襞肉を唇でついばむうちに、ほんの少し充血して、硬くなってきた気がする。

(これは舐めやすい)

寝たまま舌を突き出せば、そこは楽園だ。舌先で陰唇をかきまぜると、奥からヨーグルトにも似た甘酸っぱいエキスがこぼれ、重力に抗うことなく舌の上を流れ落ちる。

クチュクチュと小さな音を響かせながら、新鮮な搾りたてのミルクを味わう。

「たくさん舐めるから、好きなように動いてください」

下から彼女の腰骨をつかみ、グッと引き寄せた。鼻頭を短い恥毛に押し当てるほどになり、卑猥なキスの面積がひろがる。陰唇に唇を押しつぶされそうになりながらも、首を左右に振るだけで、やわらかい肉を右へ左へと押し揉む。

「ンッ。好きなように動けと言われても、先輩に見られていたら無理。アッ」

音穏があえぐと臀部がヒクンと弾み、両腿に頬を押された。頬を締める力は強く、美女の肉体と密に触れる悦びに満たされる。ただ少し呼吸しにくい。

「わかりましたよ、音穏ちゃん。そちらは見ないようにします」

「私たちにもやることがあるし」

先輩コンビの足音が遠退くのに合わせて腿の力がゆるんだので、息を大きく吸う。

若葉は両手を伸ばし、下から乳房を鷲づかむ。

お椀サイズで手のひらにちょうど収まり、空気のつまった軟式テニスボールのような柔軟性と弾力を併せ持つ会心の揉み応えだ。

(おぉ、これはすごい。手を離せなくて、舌がおろそかになってた)

ジュルジュルと音をたてて女肉を舐めすすり、胸のふくらみを揉んだ。手のひらの中で乳首はピンととがり、それぞれの指を中心に寄せて狙いを定める。少しハスキーな声で「アッ、ンッ」と叫ぶと同時に、逞しい腿が頬を圧迫した。

「これ、ちょっとヤバいかも。ウゥッ。しかも、こっち見てるし」

乳房の狭間から端正な顔立ちの音穏が見下ろしていた。

切れ長の目は潤み、頬を紅潮させる。

(凜々しい顔がゆるんでいるように見える。クンニが利いているのかな)

ますますやる気になったところで、音穏は上から若葉の両目を手のひらで覆う。

「悪いわね。さすがに見られると、集中できなくて……アッ、ンンッ」

自ら腰をくねらせ、秘部を押しつけてきた。若葉からはタイミングを合わせにくく、無茶苦茶に舌を突き出し、バイブレーションして返す。口のまわりはおろか、顎までふたりの体液でグチャグチャだ。

(こういうのも悪くないかも。しかも、攻めるのに集中できるし……あっ)

視界を塞がれていたので、両足になにかが触れたとき、驚いて身体を弾ませていた。

衣類や髪が両足の脛や腿を軽やかにかすめる。

「音穏ちゃん、こういうときは、女性からも男性を愛してあげるものよ」

「あなたはそれどころではないでしょうから、かわりに私たちが手伝ってあげる。ぺろ……ちょっと、苦い。れろろっ……」

(これは、まさか……ガイドさんと先生がチ×コを舐めてるんだ)

快哉を叫ぶかわりに舌に力をこめて舐めあげた。美女に囲まれ、ダブルフェラと顔面騎乗を同時に味わう夢のようなシチュエーションに鼻血を噴き出しそうだ。

「さすが、若いわ。もうちょっとで回復しそう。女泣かせな悪い子ね」

仁奈は朗らかに言いながら、長い舌を器用に動かして、しな垂れた亀頭を持ちあげた。お手玉でもするように舌先ですくいあげ、亀頭がこぼれてはまたすくいあげる。

剝き出しの裏スジを何度も舐められるうちに、一度は沈静化したはずなのに、血潮は熱を取り戻す。萎んだ棹はムクムクと頭をあげた。

「ちょっと、妬けちゃう。仁奈先輩のおフェラで大きくするなんて……じゅるるっ」

清楚な音楽教師はフルートの美しい音色を奏でる口で、卑猥な音色を奏でた。仁奈よりもさらに下、おそらく布団に頰を押し当てるまで伏せて若葉の睾丸を音をたてて吸う。陰嚢を引っぱってバキュームしたかと思えば、玉転がしで翻弄する。

(仁奈さんの先っぽフェラと先生の袋舐めを同時にされるなんて最高の贅沢だな。それに音穏さんもノッてきたみたいだし)

はじめは若葉のなすがままだった音穏だったが、徐々に腰をくねらせ、そして今や自ら腰を振っている。乳房を捏ねながら、長く舌を突き出していれば、セルフで動いてくれるので体力回復に努めることができた。フェラもクンニも全自動で行われる。

(寝ているだけで感じさせてくれるなんて極楽だよ)

「アァ、これ、イイ感じ……ンァッ」

音穏の腰遣いに遠慮がなくなってきた。

女陰を顔面に押し当て、顔の凹凸の上を軽快に滑る。鼻頭をクリトリスでたたき、唇を陰唇で塞ぐ。ときどき勢いあまって、鼻すじを滑って眉間まで女陰が迫る。ヌメヌメした襞肉が顔肌に密着し、若葉も熱狂的になる。

(でも……これ、ちょっと……うぷっ)

興奮はしても、大きな問題があった。口と鼻を女肉と蜜液に塞がれ、呼吸しにくい。

若葉の額を両手で押さえ、音穏は腰を激しくふった。特に鼻がお気に入りらしく、少し前のめりになって顔の上を小刻みに滑り、集中的に鼻頭を狙う。

(このままイカせたい……けど、息ができない!)

口を塞がれて呼吸を阻害され、バスケで鍛えた握力に頭蓋がミシミシ悲鳴をあげる。

「ギブ、ギブ。苦しい。もう、無理!」

発声はモゴモゴして言葉は意味をなさなかったかもしれないが、布団を何度もタップするうちに、仁奈と奈津紀が気づいてくれた。

音穏は夢中になって腰を振っていたので、引き剝がされて不満そう。

「せっかく、もうちょっとだったのに……」

「音穏は昔から熱中しすぎる傾向があったわよね」

奈津紀が懐かしむように言う。

「ほら、あなたのために準備済みよ」

仁奈の案内に従い、音穏は膝立ちで若葉の腰を跨ぐ。勃起を垂直にたて、亀頭で淫裂の縁を擦る。女の宝珠が押し揉まれると、彼女は大きく胸を上下させる。

「鼻もよかったけど、ペニスのほうが断然イイ。触れるだけで興奮する」

シャープな顎を上向きにして瞼をきつく閉じながら、互いの肉をすり合わせた。

若葉は「うぐっ」と奥歯を噛んで刺激を耐える。小さなとがりが裏スジや亀頭兜の縁に入って男の我慢を打ち砕こうとした。コリコリした宝珠はやわらかい舌とも違って、独特の弾力で溝の内側をくすぐる。

頰を赤く染めて高揚を示しながらも、音穏は切れ長の目で静かに睥睨する。

「キミももう我慢できないでしょ。そろそろ、ひとつになりましょう」

腰を少し浮かせて男根の角度を変えた。長く逞しい両腿の中央にあてがわれ、ゆっくり腰を沈める。短く刈られた恥毛のデルタゾーンがだんだん下がるのに合わせ、ペニスが上からズブズブと呑みこまれた。

(この締めつけは……ヤバいかも)

クンニが十分だったためか、女肉はみずみずしく、軽快に滑った。ただ、女の門をくぐると同時に、前後左右の壁が捩れて圧力を高める。狭い膣が雑巾を絞るようにツイストして侵入者を迎撃した。硬度が足りなければ、追い返されていたかもしれない。

「さっきイキそうだったから、時間はかからないわ。少しの間でいいから我慢して」

腰を落とすとさすがに刺激が強いのか、彼女は瞼を一度ギュッと閉じた。

ふたたび目を開けると、床に脛をつけて、腰を前後にスライドし出す。グ、グ、グ、グと短いリズムで腰をくねらせ、反復のペースをあげた。

「ン、ンッ。これはなかなか……ずっと、Gスポット付近を圧迫してくる……アッ」

スプリングのようなヒップを押しつけながら、精悍な腹筋を前後に揺らした。お椀形の健やかな乳房の中心では野イチゴに似た乳首が赤く色づき、リズミカルに揺れる。

プルップルンッと震えるのに合わせ、膣内はギュッギュッと締めつけた。

「アッアンッ……と、止まらない……ナカをかきまぜられる……イイッ」

やや後方に身体を倒し、若葉の腿に手をついて腰をふった。血気さかんな陽根も倒され、反り返った亀頭の先がバネのような反撥力で彼女の腹側を抉る。そのたびに、媚肉がスクリューのように巻きつき、攻撃してきた。

すっかり若葉の分身を気に入ってくれたのはうれしいが、徐々に追いつめられる。

(これじゃあ防戦一方で、ちょっと分が悪いな。僕からも少し攻めてみよう)

人さし指に、口に含んで唾液をまぶし、腕を伸ばす。

しなやかに動く下腹の底では、フードの剝がれた女の紅玉が艶々と輝く。

その表面を指先で軽く撫でると、肉壺が捻じれるように反応する。

「ンンッ、ンッ、それ、イイッ。続けて……もうちょっとだから、アンッ」

同点で迎えた最終ピリオドのように、音穏の猛攻がはじまった。

ペニスを刺したまま前後運動のペースを速め、スライドはいっこうに衰えない。

(気持ちイイ、運転手さんのオマ×コ……でも、ちょっとならもちそうだ)

音穏の動きが上下ピストンならとっくに果てていたが、それよりは刺激の薄い前後の動きだったので、わずかながら余裕を覚えた。指で陰核をそっと転がし、持久戦で勝ちを狙う。そのつもりだったが、ふたつの影が若葉を覆う。

「ふたりの姿を見ていたら、またエッチな気分になっちゃった……ダメな先生でゴメンね……ねぇ、イジって」

担任の奈津紀は甘えるように言ったあと、ブラウスとブラを脱ぎ捨て、四つん這いで迫ってきた。空いた若葉の左手を取り、自らの胸もとへ導く。

ローアングルのせいか、堂々とした肉房がたわわに実っているのが目に入る。

女神の白い果実からは甘い香りが漂い、もぎごろであることを訴えた。

気づけば若葉からも腕を伸ばし、下からすくいあげる。

(温かくて、フワフワしている。そのうえ、肌はツルツルだ)

女神は乳房までも極上の感触で指を夢中にさせた。

奈津紀は両目をつむり、華奢な肩をヒクンと弾ませる。

「あんっ……おっぱい、感じちゃう……んっ……そのまま揉んで。お願い……」

清楚な顔立ちを歪ませて懇願されれば、逆らえるわけはない。

それどころか四つん這いのまま、奈津紀は左手を自らの股座へと運ぶ。スカートの裾をかき分け、奥へと忍ばせる。

(お、お、オナニーだ……先生、自分でエッチしてるんだ)

女教師の痴態に目を奪われ、鼻息を荒らげた。すると、突如視界が影に覆われる。目にも鮮やかな桃色の制服を着たバスガイドの仁奈が立って見下ろす。

「さすがにもう我慢できないわ。両手も塞がっているようだし、さっき音穏ちゃんにしていたこと、わたしも構わないよね」

顔を仁奈に跨られた。やや太めの足はストッキングに覆われ、広角レンズでのぞくかのような迫力でスカートの暗闇に消える。

「ちょっと、うらやましかったの。わたしもはじめてよ……ごめんなさいね」

バスガイドは蚊の鳴くような声で謝った。腿に張りつく制服のスカートを捲り、下着ごとストッキングを下ろす。影となった股座はムッとした熱気とともに視界に迫る。

そして、和式便所で用を足す姿勢で腰をかがめた。

(スゲぇ、スゲぇ！)

音穏とも違う空間に圧倒された。なんといっても違うのは恥毛。熱帯雨林のジャングルを思わせるほどに生い茂り、口のまわりをくすぐられる。しかも、今日一日の汗や尿臭が残って鼻の奥を衝く。生々しい香りのあまり、深く息を吸いこまずにはいられない。しかも、まさしく目と鼻の先には小さな窄まりまである。

「いやよね、こんなオバサンのアソコなんて……おっ、おぉっ……舐めてくれるのね……わたしのオマ×コ……あっ……」

舌を伸ばせば淫花からは汁気が滴り、糖分たっぷりの蜜が口のまわりを濡らす。

仁奈は重量級のヒップをくねらせ、密度の高い恥毛に顎を掃かれ、尻たぶに往復ビンタされる。ときどき超至近距離でココア色の花びらが姿を見せ、そこから漂う濃厚な薫香が本能に訴える。

「むぐっ……ねぇ、お尻の穴を舐めますよ……ぺろっぺろっ……」

「あんっ……そ、そんな……でも、舐めたいと言うのなら……もっと、奥まで……」

仁奈は自らの手で尻たぶをひろげて尻穴を捧げた。若葉は極小の肉花に舌を突き刺してくすぐると、濡音がクチュクチュと反響する。

(本当に魔法の時間だ。こんなに素敵な時間を過ごせるなんて!)

顔はバスガイド仁奈の巨臀に塞がれ、舌先でアヌスを味わった。

左手は教師奈津紀のナマ乳を揉み、甲高いあえぎが鼓膜まで心地よく震わせる。

圧倒的な刺激に五感を占められ、理性さえ失いそうだ。

そして、もっとも敏感な男根は、引きしまった音穏の肉体にしごかれる。

「アンッ。このチ×ポ、す、すごくフィットする。すごい奥まで伸びてくるッ」

薄くも逞しい腰は、ドリブル並みに短い時間で前後にスライドをくり返した。ペニスを包む肉壺はギュギュッと捩れ、極悪な締めつけで男の我慢を打ち砕こうとする。

タイプの異なる美女三人の痴態に、下半身が蕩け出すのを抑えられない。

ドク! ドクン!

若葉の肉体は限界を超え、意志と無関係に力強く脈打つ。

「で、出た。あっ、うっ、うぅっ……」

欲望の証を吐き出すたびに、甘い痺れに脳髄が犯され、意識が遠退く。

「熱い。わ、私も……もう、イキそう……イクイクイク……クッ」

若葉が射精しても音穏の腰遣いは止まらず、むしろ膣肉は雑巾搾りのようなツイストを強めて一滴さえも絞り出そうとする。そして、激しいグラインドでザーメンを奥へ奥へと飲みこんだ。

(あぁ……これ……バカになりそう……)

短くも激しい恍惚が、濁流のごとく駆け抜けたあとも、巨臀に顔を塞がれた。

だが、タイミングよく仁奈が顔から退いたので、新鮮な空気が肺に送られる。

音穏が膝をたてたまま、ゆっくり腰をあげた。射精直後の男根を擦られ、キュポッと音をたてて女陰から抜ける。M字に開いた足の中心部では、擦過で充血した陰唇から、白い粘液がドロドロと溶岩のように流れ落ちた。

「はぁ……いっぱい出したのね……」

胸を大きく上下させて、彼女は息を整えていた。若葉のほうはと言えば、自分から腰を振ったわけでもないのに全身汗だくで、呼吸が整う気配もない。

「ねぇ、若葉クン……わたしにもいただけないかしら……」

仁奈は四つん這いになり、甘えてきた。職業柄か、三十路を過ぎてもなおかわいらしく、特に顎の下のほくろは黒瑪瑙《くろめのう》のようにしっとりと輝いて、見る者を惹きつける。

望みを叶えたい一方で、身体にそれだけのエネルギーがあるとも思えない。

無理なものは無理。激しい疲労で焦点を朧にしながら首を横に振る。

「女のわたしから誘っているのに。奈津紀ちゃん、教育がなってないわよ」

後輩たる女教師は教え子の左腕に伏せていたが、ノロノロと身体を起こす。

「んもぅ。私は自分でもイッたから、このまま寝てもよかったのになぁ」

音穏を退かして、若葉の足の間にしゃがんだ。

中指で腹の上にこぼれたザーメンをすくい、自らの口もとへと運ぶ。

「ちゅぱっ……苦いけど、すごく元気になれそう。ねぇ、膝をたてて」

なにをしようとしているのか考える余裕はなく、射精後の気怠さもあって、言われるがままに膝をたてた。

「イイ子ね。先に言っておくと、先生の爪は短いから心配しないで」

発言の意図を確認する前に、詳らかにされた股座から快い刺激が駆け抜けた。

担任の爪先はクルミのように縮まった陰嚢を伝い、さらに下の会陰を撫で下りる。

(先生の手にかかると、タマまでこんなに感じるんだ)

細やかで丁寧な指遣いが、教え子の弱点を次々と明るみにさらし、今まで以上のむず痒さに「ウッ」と息を切らす。

「先生、そこはその……汚いからやめてく――うぅっ」

「お尻の穴のことかな。ここも立派な性感帯だから、リラックスして」

奈津紀は白い指先を自らの口もとにあてがい、唇を突き出した。プリッとふくらんだ唇の狭間からは細かく泡立った唾液が糸を引き、指先を卑猥に彩る。そして、ふたたび若葉の肛門へと戻す。

「オチ×チンとはまた違う感触でしょ。ヒトの身体って不思議よね」

女神の指は蟻地獄のようにへこんだ肉穴をやさしく撫で、クチュッと小さな音が漏れた。

くすぐったくも快い感覚で腰をくねらせてしまう。

「若葉くん、知っているかな。さっき音穏はGスポットでイッたみたいだけど、男性にもGスポットに相当する部分があるのよ」

「なんですか、そ――！」

突如激痛が走り、呼吸が止まった。身体を引き裂かれるような痛みに全身が軋む。

「だめよ、力を抜いてくれないと、もっと痛くなるわよ。そうそう。まだ行けそうね」

「うっ、うっ。無理、こんなの無理です！」

細い指はアヌスの中をさかのぼり、奥へと向かった。ときに錐のように回転し、ときに触手のようにうねって男の内奥を目指す。臓腑をかきまわす拷問を受けている気さえした。

いくら女神の指とはいえ、肉体は侵入してきた異物を追い出そうとする。

「大丈夫よ。このあたりだと思うんだけどな……あった、これね。コリコリする」

女神は楽しそうに肛門を穿ち、奥まった器官を撫でた。

その瞬間、いきなり射精を迎えたかのように、背すじがすさまじく痺れる。

ペニスをしごいて射精するのとは違い、脳で射精をつかさどる部位に直接電気信号を流すかのような痛みと表裏一体の快さに恐怖すら覚える。

「せ、せ、せんせ……いぃ……」

顎がガチガチ震え、涎が流れた。若葉の表情を一瞥し、奈津紀はゆっくり指を抜く。

「今のが、前立腺よ。感じすぎて、コッチにはまる人もいるみたいだけど、あなたは違いそうね。でも、目的は達したわ」

気づけば、腰の曲刀は逞しさを取り戻していた。今まで幾度となくピンチを乗り越えてきた相棒は、精液と音穏の愛液に濡れ光り、精力を漲らせる。

「さすがは、奈津紀ちゃんね。前立腺責めが得意な音楽教師はあなたくらいよ」

仁奈はストッキングとショーツを足首にからめたまま膝をついた。上半身を伏せて尻を突き出し、スカートをゆっくり捲る。巨大にして魅惑的な肉塊が徐々に姿を見せた。恥ずかしいのか顔は見せず、豊臀を捧げる。

「さっき舐められたし、前立腺責めを見ていたら、欲しくなっちゃった……」

見事に実った桃尻は熟れに熟れ、今が食べごろであることをアピールした。逆ハートのふくらみは女体ならでは美しさを備え、クッションサイズの豊かさには癒しすら覚える。

仁奈は両手で自らの尻谷に指をさしこみ、ムニュッと開く。

「そんなの見せられたら、我慢できないよ」

花粉に誘われるミツバチのように、若葉は惹きよせられた。

白い谷底にはチョコレートコスモスが一輪隠れ咲き、その花弁がヒクヒク揺れてオスを誘う。しかも、極小の肉穴は左右から引っぱられて歪んでいる。少し濃く着色し、どこか貫禄を帯びていた。

口内の唾液をかき集め、勃起にまぶす。上に反ろうとする勃起を無理やり下に向け、赤黒い亀頭を当てる。

「さっきから、ずっと見ていたから我慢できないの。ひと思いに入れて」

美熟女に要望されて異論があるはずもない。

ふと祥子とのアナルセックスがたいへんだったことを思い出したが、前立腺責めで硬化した肉槍で肉門を押すと、意外にも力技で捻じこめた。仁奈本人がリクエストするということは慣れているのかもしれない。勃起に押しひろげられた肛門縁は、今にもはちきれそうに伸びながら、オスのわがままを受け入れた。

底なし沼のようにずぶずぶと埋もれ、肉棒の根本まで咥えこむ。

器官が違うだけあって、音穏の女陰の圧迫とも違った。

「これ、すごい……気をゆるめたらチ×ポを切り落とされそうな締めつけだ。それに、ケツ穴の中はブラックホールみたいに吸いこんでくる。でも、腰が止まらない」

嚙まれたと錯覚するほど強靭な締まりにさらされ、さらなる悦楽を求めた。肉厚な腰をつかみ、肛門を肉棒で摩擦する。入口を通り過ぎるたびにゴリゴリと揉まれ、抽送しつける。それどころか、ビタンビタンと尻肌をたたく音が心地よく響く。

「おっ、おぅっ……オチ×チンが、ズブズブと刺してくる……おぅぅ……」

仁奈の両手は尻から離れ、前に伸ばしてシーツに爪をたてた。

「こんな先輩は見たことないから手伝わせて」

音穏は仁奈の腹の下に枕を置き、自動車の整備士のように仰向けで潜りこんだ。

若葉が腰を引いたときに彼女の顔がチラと見える。舌を突き出してうねらせる。

「うぅっ……ダメ、音穏ちゃん。こんな状態でクリ舐めされたら……おぅっ」

臓腑が蠢いて男根を吸いこむ感覚が強まった。射精までの残り時間は短くなった気がするが、それ以上に仁奈のほうがダメージは大きそう。排泄の肉穴をグイグイと締めながら、朗らかな声のガイドは布団に顔を押し当て、野獣のごとく低く唸る。

(先にイカすことができるかも)

自分の倍近い年上女性を男根で屈服させる——男なら一度はあこがれるシチュエーションに、自爆覚悟でガムシャラにピストンをくり出した。

「じゃあ、私は先輩の味方をしようかしら」

背後から愛欲の女神が囁いた。若葉の背中をチュッと軽くついばみながら、腰へと下りてゆく。バードキスは背中にも快く、やがて尻谷の入口へとたどり着く。

「ねぇ、舌と指、どっちがいい？」

「指は怖いです……というか、絶対やめてください」

「あら、残念。でも、それならやさしく舐めてあげる。れろっ……くちゅっ……」

若葉の肛門を女神の舌先が這った。大胆で丁寧な舌遣いで、皺の隅々まで伸ばして舐める。指と違って、一線を超えない穏やかな安らぎがある。

(とはいえ……これはマズい)

さっきまで若葉が腰をふっていたはずなのに、いつの間にか仁奈に主導権を奪われ、彼女のほうから尻をぶつけてきた。

「お、おぉぉ……このオチ×チン、誰も届いたことのない弱いところを……ンンッ」

メガトン級ヒップで若葉にぶつかり、貪欲に肉穴をしごいた。

彼女の豪快なまでの性欲は、音穏に女陰を舐めすすられることで煽られる。前からは仁奈が迫力満点の臀部でペニスをしごき、背後からは奈津紀が卑猥な舌遣いで肛門をくすぐった。絶え間ない快感が炭酸飲料の気泡のように湧きたつ。

「ダメだ。もう、出ちゃう」

「いいわ。わたしが合わせるから、いつでもいらっしゃい」

ジッとしているだけで前後のふたりに刺激され、若葉の射精ゲージは許容量を振りきり、ついに破裂した。

「おぉう……熱いザーメンをアヌスに注がれている……わたしも……もう……んっ」

肉門は巾着袋のごとく入口をきつく閉じ、ペニスの脱出を阻んだ。しかも腸壁は肉棒を奥へ奥へと吸いこむかのように蠢く。

若葉は睾丸を空にする勢いで精を放ち、魂が抜けるほどの恍惚に満たされる。

身体を震わせながら巨臀の奥深くに絶頂の証を注ぐたびに、意識が宙を漂うような爽快感を味わった。

エピローグ

「今回の旅は、きっと高校生活一番の思い出になると思います。でも、家に帰るまでが修学旅行ですから、気をゆるめないで集団行動を守ってください」

帰路のバスが出発し、担任の奈津紀は決まりの文句で朝の挨拶を終えた。

(また前みたいな生活に戻るのか……少し寂しいな……)

車窓を流れる市街地をぼんやり眺め、この四日間を走馬灯のように思い出す。

感動と自信を与えてくれた女子の顔が次々と浮かぶ。一生の運を使い果たしたかのような薔薇色の日々を絶対忘れないだろう。しかも先生からは、環に女装写真のデータを破棄させたと聞いている。百点満点の修学旅行となった。

(いや、この先はもっと前向きになろう。それだけの経験は積んだはずだ)

それからしばらく、若葉はスマホで遊んだが、どうも違和感を覚える。

車内がとても静か、いや静かすぎた。

バスが高速に入ると、スピーカーからアナウンスが入る。バスガイドの仁奈だ。

「バスはもう間もなく高速道路へと入ります。しばし、フリータイムとなります」

フリータイム……そんなイベント、あったっけ？

疑問に思う間にも、その声を待っていたかのように、女子たちはいっせいにカーテンを閉めはじめた。その間も朗らかな声で案内は続く。

「フリータイムはトラブル厳禁ですので、問題が起こりそうなら即座にお申しつけください。なお、次の休憩では、先生、運転手、わたしも利用いたしますので、全員バスから降りるようお願い申しあげます。それでは帰りのお時間もお愉しみください」

アナウンス直後、女子たちは服を脱ぎはじめる。それを見て気づく。

（たぶん女子たちにバレたんだ、なにもかも……これって、二学期どうなるんだろう……いや、そもそも今日無事ですむのかな……）

修学旅行のラストを締めくくるイベントを迎えた。半裸になった女子たちが最後部の座席に迫る。幾多の瞳で見つめられ、若葉の額に汗が流れた。

◎本作品の内容はフィクションであり、登場する個人名や団体名は実在のものとは一切関係ありません。

ときめき修学旅行《しゅうがくりょこう》 ヤリまくりの三泊四日《さんぱくよっか》

著者◉露峰 翠【つゆみね・みどり】

発行◉マドンナ社
発売◉二見書房
東京都千代田区神田三崎町二-一八-一一
電話 〇三-三五一五-二三一一(代表)
郵便振替 〇〇一七〇-四-二六三九

印刷◉株式会社堀内印刷所 製本◉株式会社村上製本所 落丁・乱丁本はお取替えいたします。定価は、カバーに表示してあります。

ISBN978-4-576-20122-1 ◉Printed in Japan ◉©M.Tsuyumine 2020